Océano Pacífico
América del Sur
Perú
CUZCO
AREQUIPA
Edward C Caswell

Noche Oscura en Lima

Noche Oscura en Lima

With Notes, Exercises, and Vocabulary

by

JOSEPH W. BARLOW
New York University

and

KURT STEEL

Illustrations by Edward C. Caswell

New York
APPLETON-CENTURY-CROFTS, INC.

MANUFACTURED IN THE
UNITED STATES OF AMERICA

4129

Preface

Noche Oscura en Lima is a beginning reader, offered for second-semester college and second-year high-school classes. Its authors have attempted to write an interesting mystery story, embodying many of the idioms of highest frequency and a basic vocabulary. The setting is present-day Peru. In the development of the plot, which has its beginnings in Lima and Callao, we go by airplane, with interesting glimpses of the countryside, to Arequipa; thence by train to Cuzco, ancient capital of the Inca Empire; and finally on foot into the lofty Peruvian Andes.

The vocabulary (excluding numerals and proper names) contains the first 1,000 words of Buchanan's *Graded Spanish Word Book,* plus 67 from the next 100. In addition to these there are only 127 words, of which 26 are cognates. The total vocabulary is 1,194 words. If we assume, as seems reasonable, that the student will have learned the first 500 words of the basic list in the first semester of college Spanish or in the first year of high-school Spanish, then he will meet only 694 new words in reading *Noche Oscura en Lima.*

Constructions considered to be even slightly difficult for the beginner are explained in the notes, which also provide data on the history and geography of Peru.

Exercises are provided for each chapter. They include drill on idiomatic expressions, a review of irregular, radical-changing, orthographic-changing, and reflexive verbs, uses of the imperfect and preterit, of the prepositions *para* and *por*, a review of the imperative and subjunctive moods, and translation of connected matter from English to Spanish. A questionnaire is furnished beginning with chapter 21. In order to compel a progressive mastery of the limited vocabulary and prevent a mere matching of words, no English-Spanish vocabulary is supplied.

The story is especially suitable for oral practice, and many chapters may easily be dramatized in class, since the dialogue involves no long paragraphs.

The authors are sincerely grateful to Mr. Max Ríos Ríos of Brooklyn College and to Mr. Richard Brun of New York University for reading the manuscript and offering valuable criticism, and to Mr. Edward C. Caswell for his skillful interpretation of the spirit of the story and his faithful attention to detail in making the illustrations.

J. W. B.
K. S.

Contents

Noche Oscura en Lima

Noche Oscura en Lima

1

El reloj de la catedral de Lima[1] acababa de dar las siete. Aunque no era muy tarde, las calles de la ciudad ya estaban envueltas en las sombras de la noche. Era una noche oscura. El viento, lanzando gritos, cogía el polvo de las calles y lo arrojaba al aire. Arriba unas nubes negrísimas corrían rápidamente a través del cielo.

Manuel Ramón echó una mirada hacia atrás y se dió prisa para llegar pronto a la bien iluminada Plaza de Armas.[2]

"¡Vaya una noche!" exclamó. "Hasta los perros se quedan en casa."

Sus propias palabras, pronunciadas en voz baja, le animaron un poco y repitió en voz alta:

"Sí, hasta los perros se quedan en casa . . . Y ¿por qué salgo yo? ¡Ah! Porque ese norteamericano, ese señor Grant, me manda llevar esto a su amigo Pablo González. ¿Será[3] cosa de gran valor? ¡Bah! Seguramente que no. No valdrá un sol."[4]

Manuel se dejaba arrastrar por el viento como por la corriente de un río. Bajo el brazo llevaba una caja envuelta en papel verde. Aunque no pesaba mucho, era bastante grande. Tenía casi tres pies de largo y más de dos pies de ancho. Los brazos de Manuel eran bastante cortos y le era difícil tenerla. Al atravesar la Plaza de Armas el viento amenazaba arrancársela a cada momento.

"¡Demonio! Si la caja se me escapa, se hace pedazos,"[5] dijo Manuel. Y añadió en seguida: "¿Qué habrá aquí dentro?"

La curiosidad le picaba al muchacho, pero no se atrevió a abrir la caja.

Al dejar la plaza y entrar en una calle estrecha, echó otra mirada hacia atrás. La Plaza de Armas estaba completamente abandonada. En una noche tan fea, todos los vecinos de la ciudad de Lima, menos Manuel, se quedaban en casa. Por lo menos, así le parecía al muchacho. Este pensamiento le llenó de tristeza. Sintió la necesidad de tomar un vaso de vino, de hablar con sus compañeros, pero le había prometido al señor Grant entregar la caja a Pablo González, y se la entregaría. Siempre había sido un criado fiel.

No, no debía detenerse en ninguna parte. Sin embargo, no sería gran pecado entrar en aquel café al otro lado de la calle a tomar un vasito. Uno, uno nada más. Tal vez encontraría allí algún amigo.

2

Cruzó la calle y entró en el café. No halló ningún amigo. Fuera del dueño, no había nadie. Manuel se propuso volver a la calle, pero aumentaba el ruido del viento y a la vez crecía el miedo del mozo. La pesada puerta del café temblaba violentamente y temblaban también de vez en cuando algunos vasos que se hallaban sobre una mesa al fondo del pequeño cuarto. El aroma del vino, aroma delicado y dulce, llenaba el aire.

. . . el viento amenazaba arrancársela a cada momento.

Manuel se sentó a una mesita, poniendo la caja con mucho cuidado en el suelo junto a sus pies. Pidió un vaso de vino. El dueño estaba limpiando unos vasos y tardó un poco en servírselo. Al fin puso el vino en la mesa delante del muchacho, y éste empezó a beberlo lentamente. A Manuel le gustaba el vino, le gustaba demasiado. Después de terminar el segundo vaso, comenzó a extenderse por la ancha cara del mozo una expresión de gran contento. Cerró los ojos para contemplar una vida sin trabajo, llena de placeres.

Estaba a punto de pedir el tercer vaso de vino cuando entraron en el café dos extranjeros.

—Buenas noches, caballeros. ¿Me harán Vds. el honor de tomar algo conmigo? —dijo Manuel, saludándolos amablemente. Pero los caballeros no le hicieron caso, y el mozo se sintió gravemente ofendido.

Uno de los extranjeros era alto. Tenía la nariz larga, la boca estrecha, y los ojos pequeños y vivos. Tenía las manos largas y suaves y movía rápidamente los dedos mientras hablaba. Manuel no entendía nada de lo que decía el hombre, porque no hablaba español sino una lengua extranjera.

"Estará hablando inglés," se dijo Manuel, al reconocer tres o cuatro palabras que solía usar el señor Grant en su conversación con otro norteamericano amigo suyo.

El segundo extranjero era un hombre muy bajo, tan bajo como Manuel. Tenía la cabeza redonda, el pelo corto y rojo, la nariz roja también y muy grande. Después de escuchar con atención un rato a su compañero, le interrumpió, pronunciando dos breves palabras.

Los dos le echaron una mirada al mozo y luego volvieron a hablarse en voz baja.

Manuel se levantó, pagó el vino, y cogiendo la caja se dispuso a salir. Antes de marcharse, saludó otra vez a los dos extranjeros inclinando ligeramente la cabeza. Éstos no le hicieron caso alguno.

Otra vez en la calle Manuel se sintió mucho mejor, casi alegre.

. . . echaron una mirada al mozo y luego volvieron a hablarse en voz baja.

El viento le parecía menos fuerte y la noche menos oscura. Pensaba en los tres soles que seguramente le daría el doctor González por traerle la caja. Empezó a cantar unos versos alegres, confundiendo su voz con el ruido del viento. Acaso fué por eso que no oyó los pasos que se le acercaban.

Por fin Manuel se dió cuenta de que los dos extranjeros le

seguían, pero ya era tarde. Al volverse, el grande le dió con una piedra y el muchacho cayó al suelo. La caja quedó hecha pedazos.

3

Henry Grant estaba asomado a la puerta de su casa. El reloj de la catedral daba las siete, pero Grant apenas podía oírlo a causa del viento. La noche era negra. Arriba pasaba gran número de nubes oscuras, arrastradas por una fuerza poderosa. La naturaleza parecía amenazarle.

El señor Grant estaba muy inquieto. Cerró la puerta y se dirigió a una mesa larga y pesada que se hallaba contra la pared, junto a una puerta que conducía a las habitaciones interiores. Sobre la mesa había muchos libros y muchos papeles comerciales, todos en español. Había además, varios diarios neoyorquinos.

Grant tomó uno de los diarios. Era *The New York Times* del 28 de marzo. Lo abrió a la página dieciséis y se fijó en unas líneas que poco antes había señalado con lápiz rojo. Decían así:

> Among those leaving for South America on the *Southern Cross* today is Pablo González, wealthy doctor of Lima, who has spent several months in the United States making a study of the latest methods of treating pneumonia.

El señor Grant dejó caer el diario y cogió una carta. La carta había sido escrita aquella mañana y un viejo se la había traído hacia las tres de la tarde. Decía:

"Mi querido Enrique:

Vas a quedarte sorprendido al saber que al cabo estoy otra vez en Lima. Pensaba ir a verte inmediatamente después de mi llegada, pero desde el primer momento he estado ocupadísimo. Hacía muchos días que esperaban mi atención[6] asuntos de gran importancia. Mañana iré, sin falta, a hablarte de mi visita a la América del Norte, donde tuve el honor de conocer a tu presidente.

Lo que me llamó más la atención era la diferencia entre tu patria y la mía en el modo de vivir. Los norteamericanos no saben gozar de la vida. Todo ser humano debe descansar de vez en cuando.

Me alegro de poder decirte que logré resolver casi todos mis problemas.

Ahora, querido amigo mío, tengo que pedirte un pequeño favor. ¿Quieres enviarme esta noche a las siete la caja que tienes escondida en tu casa? Puede ser entregada a mi criado, José, si no estoy en casa. Ya sabes tú que José es persona de confianza.

Mil gracias, querido Enrique.

Pablo”

El señor Grant puso la carta sobre la mesa y volvió a la puerta.

“¡Qué noche!” exclamó.

Era un joven ancho de espaldas, alto y fuerte. Tenía los ojos azules y muy vivos. Tenía la boca grande y al sonreír mostraba unos dientes blancos y fuertes. En cuanto a su carácter, poseía excelentes cualidades. Era inteligente, fino, generoso, y sobre todo fiel. Aunque era hombre serio, reía fácilmente.

En aquel momento, sin embargo, no reía Henry Grant. Su rostro tenía un aspecto muy grave. Tenía los labios bien cerrados, y una línea blanca que le cruzaba la barba de un lado a otro—recuerdo de una partida de fútbol—ahora se mostraba más blanca que nunca.

Sonó el teléfono. Grant se alejó de la puerta y fué a contestarlo.

4

—¿Quién llama? —dijo.

Una voz muy suave respondió:

—Si está el señor Henry Grant, haga el favor de decirle que le llama Carlota Torres.

Carlota Torres, novia de Pablo González, era una muchacha inteligente y muy hermosa. Hacía varios meses que Grant la conocía.[7] Recordó claramente el día en que Pablo le había llevado a casa de los Torres para presentarle a su novia. Ésta le había enseñado algunos objetos de arte que acababa de recibir de España. Entre ellos había un vaso de alto precio, un vaso que valía mil pesetas por lo menos, y Grant había tenido la desgracia de dejarlo caer. En el acto, había ofrecido pagarlo, pero el señor Torres se había negado a aceptar el dinero.

—Le habla Henry Grant, señorita Torres. Hace tiempo que no la veo.

—¿De modo que Vd. me recuerda, señor Grant?

—Sí que la recuerdo. Vd. estará muy alegre esta noche, señorita, pues ha vuelto Pablo.

Carlota no respondió inmediatamente. Luego dijo en voz baja:

—Perdone Vd., señor. ¿Ha dicho Vd. que Pablo . . . ?

Ahora fué Grant el que guardó silencio un instante, pero pudo contestar con voz tranquila:

—Acabo de oír que el doctor González ha vuelto a Lima y que . . .

—Pero, señor Grant, ¿cuál es el origen de esas noticias? —preguntó Carlota.

A Grant le parecía que tal vez no debía decir que el origen de las noticias era Pablo González. Por eso no le dijo nada acerca de la carta que había recibido aquella tarde.

—Serán noticias falsas, señorita.

—Sí, señor, de eso estoy segura. No ha vuelto. Es por eso precisamente que le llamo a Vd. Deseaba decirle que hoy llegó una carta de Pablo, diciéndome que volverá a Lima la semana que viene. Ciertos negocios le habrán detenido en Panamá. Sé que Vd. querrá verle en cuanto vuelva[8] a Lima, y, puesto que hay fiesta el viernes, quizás podamos reunirnos[9] por la tarde.

—¿Cómo no? Y mil gracias, señorita, por la noticia. Se la agradezco mucho.

—De nada, señor Grant, y muy buenas noches.

Henry Grant, por regla general, hacía frente a cualquier situación con calma. Ahora, sin embargo, al pensar en la carta que González había escrito a su novia . . .

Grant dejó el teléfono sobre la mesa y desapareció por la puerta que conducía a una habitación interior. Volvió en seguida con el sombrero puesto. Los ojos del joven caballero, que solían sonreír alegremente, ahora despedían fuego. La línea blanca que le atravesaba la barba de un lado a otro se había vuelto roja, encendida.

5

Henry Grant salió de su casa, cerrando la puerta con llave. Anduvo con paso rápido calle abajo. Se había resuelto a visitar a Pablo González. Quería saber la verdad.

Al entrar en la ancha y bien iluminada Plaza de Armas vió salir de una calle estrecha dos hombres.[10] No los vió claramente porque estaban lejos. Uno de ellos llevaba algo bajo el brazo. Subieron a un automóvil. La lucecita roja del coche se alejó rápidamente y desapareció como un rayo allá en la distancia.

Grant se dió prisa, andando con paso cada vez más rápido. "¿Qué querrá decir esto?" pensaba. "¿Está Pablo en Lima o en Panamá? ¿Habrá escrito *ambas* cartas?"

Dejó la Plaza de Armas, y entrando en una calle cerca de la catedral, echó a correr hacia la casa de Pablo González. Poco después de pasar un café mal iluminado el corazón del joven dió un salto. Cerca de sus pies, a la sombra de una pared, había algo oscuro, una figura pequeña, de forma irregular. Grant se dejó caer al suelo y encendió una luz. Era Manuel, su criado. Hacía menos de media hora que le había enviado con una caja bajo el brazo a casa de Pablo González.

Le temblaba la mano al ponerla en el pecho del mozo. Manuel estaba muerto. Al retirar la mano vió que tenía los dedos llenos de sangre. "¡Pobre muchacho!" dijo Grant conmovido. Pretendió convencerse de que Manuel no estaba muerto, y volvió a poner la mano sobre el corazón del muchacho.

Luego se levantó y encendió otra luz. Duró muy poco porque un golpe de viento la apagó en seguida, pero en aquel breve instante Grant vió brillar algo en el suelo junto a la pared. Fué a cogerlo. Era un objeto pequeño y suave.

Por tercera vez encendió una luz y vió que en la mano tenía un pedazo de cristal. Lo cruzaban tres líneas finas, dos de color azul y una de color de oro.

. . . encendió una luz y vió que en la mano tenía un pedazo de cristal.

6

Henry Grant echó a correr otra vez calle arriba. Dos minutos después llegó a casa del doctor González y llamó a la puerta. Nadie respondió. Por lo visto no había nadie. Llamó otra vez, dando fuertes golpes en la puerta, que de pronto se abrió.

—Ha ocurrido una terrible desgracia, José. Han matado a un hombre. ¿Dónde está el teléfono?

El viejo no parecía entender. Sus ojitos de pájaro trataban de penetrar la oscuridad de la noche.

—¿Quién . . . ? ¿Qué . . . ? ¡Ah, señor Grant! Buenas noches.

—José, llama al doctor González. Tengo que hablar con él en seguida.

El viejecito respondió:

—Mi amo no está en casa. ¿Qué quería Vd., señorito?

Grant cogió el teléfono, pidió un número y contó rápidamente a un oficial de la ciudad de Lima lo que había sucedido. Mientras hablaba, tenía los ojos fijos en José. Terminó diciendo: "Entonces, ¿vendrá Vd. en seguida? Bueno . . . Sí, señor, soy Henry Grant. El muchacho era mi criado. Estaré esperándole a Vd."

—Pronto, José. Llama al doctor González.

El pobre viejo quedó confuso. Abrió la boca varias veces y al cabo, con gran esfuerzo, logró decir:

—El doctor no está aquí, señorito.

—Pues, ¿dónde está? —exigió Grant.

—El . . . el doctor no está, señorito —repitió el viejo criado, que ahora estaba temblando.

—Pero el doctor González estuvo aquí. Me has dicho una mentira, José. El doctor me escribió una carta esta mañana.

José llevó a la boca la mano izquierda, tocando ligeramente con los dedos el labio inferior.

—Sí, ahora lo recuerdo, señorito. Yo mismo llevé la carta a su casa de Vd. Pero, en esa carta, ¿no le dijo que era un secreto . . . quiero decir, su vuelta a Lima?

—No.

—¡Dios mío! Debió de olvidarlo,[11] señorito. Vd. no ha dicho nada a nadie, ¿verdad?

Un miedo terrible había tomado posesión del pobre viejo.

—Calma, José. No he hablado con nadie, sino con la señorita Torres.

—¿Y ella? . . .

—Ella dice que no es verdad, que el doctor no ha vuelto a Lima.

—Bueno. Pero . . . ¿su criado, Manuel? —preguntó José, y empezó a temblar de nuevo.

—Manuel murió hace media hora, poco más o menos. Escúchame, José. ¿A qué hora salió el doctor González?

—Hacia las seis, señorito.

El viejo cogió del brazo a Grant.

—¿Le ha ocurrido algo a él también?

—No sé. Mira esto, José —dijo Grant, extendiendo la mano. En ella tenía el pedazo de cristal que había encontrado cerca del cuerpo de Manuel.

José tomó el cristal y lo examinó con atención largo rato. Al fin dijo lentamente:

—Sí, reconozco este cristal. Es . . .

De pronto la mano del pobre criado comenzó a temblar violentamente y el cristal cayó al suelo, partiéndose en dos.

7

—Perdóneme Vd., señorito —dijo José, recogiendo los pedazos de cristal.

En el rostro del viejo se veía pintada una terrible expresión de miedo.

—¿Qué tienes? —preguntó Grant.

—No tengo nada, señorito, nada.

—Pues bien, José, dime lo que pasa. Te lo ruego. El asunto ya es muy grave. Han matado a mi criado y me han robado una caja que pertenecía a tu amo. Dime todo lo que sepas,[12] ahora mismo. Es absolutamente necesario.

—Pero, señor Grant, yo no sé nada.

—Eso no es verdad, José. ¿Por qué tiemblas tanto? ¿Qué temes?

El pobre criado se pasó la lengua por los labios secos y haciendo un esfuerzo, confesó:

—Sí, hay algo. Al poner los ojos en el cristal, me acordé de un sueño.

—¿Con qué has soñado, José?

—Pues Vd. ha de saber, señorito —dijo el viejo lentamente— que este cristal cubría un cuadro. Reconozco estas líneas de color. Hacía muchos años que el cuadro colgaba de una pared en la habitación de mi amo. Desapareció hace más de tres meses,[13] un día antes de salir mi amo para la América del Norte. Yo creía que mi amo lo había guardado en alguna parte.

—Pues la caja que me entregó a mí estaba envuelta en papel verde.

—¿Era así de grande? —preguntó el viejo, indicando con las manos.

—Sí.

—Entonces sería[14] el cuadro lo que mi amo le entregó a Vd., señorito. Era el retrato de su madre, pintado por su tío Antonio. Hace ya varios años que éste vive[15] en los Estados Unidos.

La rosa . . . el artista no acabó de pintarla.

—Pues bien. Esa caja envuelta en papel verde contenía el retrato de la madre del médico. Pero dime, ¿por qué me la han robado, matando a mi criado?

José se puso la mano sobre el corazón.

—Eso no lo sé, señorito. Lo único que sé es que una noche, hace una semana, soñé con el cuadro. Era un sueño terrible, señor Grant. Desde el día en que desapareció he soñado con él varias veces, pero aquella noche lo vi distintamente en sueños . . . y estaba cubierto de sangre.

—Será cosa de tu imaginación, José. Es muy fácil imaginar tales cosas después de un suceso violento —dijo Grant—. Pero el cuadro, ¿puedes describírmelo?

—La madre del doctor González era una mujer hermosísima, de rostro casi divino. En el cuadro parece estar riendo. En el pelo lleva una rosa.

—A juzgar por lo que me has dicho, José, el cuadro no tiene nada de particular.

—Espere Vd. Hay una cosita . . . pero no tendrá importancia. La rosa . . . el artista no acabó de pintarla. Se lo juro a Vd., señorito. La rosa que ella tiene en el pelo quedó incompleta. Falta la mitad, por lo menos; es decir, hay unas líneas muy delicadas, pero le falta el color.

8

En la calle donde quedaba el cuerpo de Manuel había varios hombres. Llevaban luces y se ocupaban en examinar el cuerpo y la ropa del desgraciado mozo.

El señor Grant habló un rato con los hombres. Les dijo solamente que había enviado a Manuel a casa del doctor González con una caja y que algún individuo miserable y cruel le había matado para quitarle la caja.

—¿Qué contenía la caja, señor? —preguntó uno de los hombres.

—Un cuadro —respondió Grant—. Era de poco valor. Pero no lo era[16] la vida de mi criado.

El hombre le hizo otras preguntas y, por último, le pidió su dirección. Grant se la dió, y viendo que los otros ya habían metido en una ambulancia el cuerpo del humilde criado, se despidió de ellos.

Mientras andaba hacia su casa, pensaba en el desgraciado muchacho. Sabía que Manuel había tenido la mala costumbre de jugar a las cartas, perdiendo casi siempre. Sabía además que había bebido demasiado en ciertas ocasiones. A pesar de esto había sido un criado fiel. Nunca había engañado a nadie. Ahora, poco después de haber cumplido dieciocho años, Manuel estaba muerto. Grant apenas podía creerlo.

"¿Quién le mató? ¿Por qué razón? . . . ¿Y dónde está Pablo González?" se preguntó Henry Grant. Iba recordando todos los sucesos de aquel día, con todas las circunstancias que los habían acompañado. Recordó la carta que había recibido aquella misma tarde de Pablo González. Recordó su conversación con la señorita Torres. Ella le había dicho que Pablo no estaba en Lima. Luego, José. ¿Le habría dicho la verdad el viejo? ¿Qué quería decir todo aquello? Grant se determinó a descubrir la verdad.

A media noche llamó por teléfono a casa del doctor González. Le contestó José, diciendo que su amo no estaba en casa, que no había vuelto.

Grant se echó en la cama. Durmió profundamente tres horas. Cuando se despertó ya no hacía viento. Reinaba un silencio absoluto. Quedóse[17] un rato en la cama escuchando con atención. Al principio no oyó nada, pero al fin llegó a sus oídos un ruido muy leve.

Grant se levantó de la cama. Otra vez oyó el ruido. Ahora no había duda. Alguien se movía en el cuarto inmediato. Grant fué a la puerta y comenzó a abrirla lentamente.

9

Henry Grant se adelantó poco a poco hasta la puerta. Pudo hacerlo sin ningún ruido. Aunque por la única ventana que daba a la calle penetraba una luz debilísima, el cuarto estaba oscuro. Al principio no vió nada, pero sus ojos iban acostumbrándose y pronto pudo distinguir la mesa y dos sillas.

Delante de la mesa se movía una sombra oscura. Grant fijó los ojos en ella. Era un hombre.

De pronto apareció un punto de luz brillante. Cayó en la mesa de Grant y se movió lentamente sobre las plumas, los papeles, los libros, y sobre un vaso delicado que contenía tres flores blancas. El hombre cogió un libro y lo abrió rápidamente. Con mucha prisa volvió las páginas, una tras otra. Luego cogió otro libro e hizo lo mismo.

"¿Qué buscará ese individuo?" pensaba Grant, adelantándose con cuidado a espaldas del hombre.

Grant era un joven fuerte y valiente. Pensó arrojarse sobre el hombre, pero en aquel instante el desconocido se dió cuenta de su presencia. La pequeña luz desapareció en seguida y el desconocido trató de ganar la puerta. Entonces Grant se lanzó sobre el hombre, tuvo la suerte de alcanzarle, y los dos cayeron al suelo.

El hombre no se movía. Acaso se había hecho daño al dar en el suelo. Parecía estar completamente rendido.

—Vd. ha escogido una hora extraordinaria para visitarme —dijo

Grant—. ¿Quiere explicarme por qué ha entrado en mi casa de noche?

Nada. El hombre no le contestó. No se movió tampoco.

"¿Qué buscará ese individuo?" pensaba Grant . . .

—Contésteme —exigió Grant—. Vd. iba a robarme algo. ¿Qué buscaba?

El desconocido callaba, y Grant se decidió a levantarse. En efecto, sin soltar el brazo del hombre se ponía ya en pie, cuando de pronto el hombre se echó a un lado y quedó libre. Era pequeño y muy fuerte. En un instante había ganado la puerta que daba a la calle.

Grant salió corriendo tras el hombre. Éste huía calle arriba. Era inútil seguirle, puesto que ya se perdía en las sombras de la noche. Grant quedó un rato en medio de la calle. "¡Qué caso más raro!" exclamó.

Entró en su casa, cerrando la puerta con llave. Con el cuarto bien iluminado, lo examinó todo con mucho cuidado. Era imposible determinar por qué motivo había entrado el desconocido.

Grant no vivía en la miseria. En su vida había conocido la pobreza, pero no era hombre de grandes riquezas. Sus posesiones eran pocas y ordinarias. Los papeles importantes que pertenecían a sus negocios estaban bien encerrados en una caja de hierro.

Sentado delante de la mesa el joven caballero permaneció largo rato pensando. Tal vez el ladrón se había engañado. Su vecino a la derecha, don Alfredo, tenía fama de rico, y en efecto lo era. Grant había comido dos veces en casa de don Alfredo. Se acordó de una mesa cargada de plata, y unos dedos cargados de oro fino. Eran los dedos de doña Elvira y de sus dos hijas, Dolores y Consuelo.

Sí, el ladrón se habría engañado. Sin duda se creía en casa del vecino. En cambio, habían sucedido recientemente muchas cosas extrañas. ¡Demasiadas! Grant iba recordándolas una tras otra. En primer lugar, la carta de Pablo González en que le pedía el cuadro. (Grant estaba convencido de que José había acertado en cuanto a la caja envuelta en papel verde.) Luego, su conversación con la señorita Torres, quien ignoraba la vuelta del doctor González a Lima. Luego, la muerte de Manuel; y, por último, el sueño que le daba tanto miedo al pobre José. Seguía pensando en estas cosas mientras ponía en orden la mesa.

Sonrió al pensar en el sueño del viejo, pero en seguida volvió a ponerse serio. Cogió el teléfono y pidió el número de Pablo González.

—José —dijo— te habla Henry Grant. ¿Está el doctor González?

Al terminar la conversación su cara tenía una expresión muy grave. El reloj de la catedral daba la hora, y Grant se puso a contar . . . una . . . dos . . . tres.

"Hace nueve horas que salió de su casa Pablo González . . . y le dijo a su criado que volvería temprano," pensó.

De pronto Grant notó algo que antes no le había llamado la atención.

10

Uno de sus libros estaba en el suelo. Estaba abierto. Grant cogió el libro y vió que el ladrón había arrancado una página, dejando solamente un pequeño pedazo de la parte superior. Observó que era un mapa. El título del libro era la *Historia del Perú*. Se acordó de este mapa. Mostraba partes del Perú llamadas Arequipa y Cuzco.[18] Varios días antes había trazado parte del mapa en una hoja de papel, indicando con una línea roja un viaje que pensaba hacer desde el Cuzco. La hoja había desaparecido con el mapa.

Grant volvió a acostarse, pero no pudo dormir. Siguió pensando en el mapa y en el ladrón. ¿Por qué había sacado del libro ese mapa? ¿Por qué no había sacado más que uno? ¿Por qué había escogido ese individuo el mapa de Arequipa de entre los muchos que contenía la historia? Y, finalmente, ¿por qué se había llevado la hoja de papel? Al fin se durmió.

Cuando se despertó hacia las ocho de la mañana siguiente, había un sol brillante. Sus rayos, entrando por la ventana que daba a la calle, caían sobre la cama. Grant se levantó, se vistió rápidamente, y después de tomar café y un par de huevos, salió a la calle. En el cielo quedaban algunas nubes, pero eran pequeñas y blancas. El aire era seco, fresco, casi frío.

"En la América del Norte," pensaba Grant, "es la primavera.[19] Los jardines están llenos de flores y los árboles van cubriéndose de hojas verdes. Aquí en el Perú pronto vendrá el invierno. Pero aquí el invierno es distinto."

Grant andaba por la calle buscando cafés. Al encontrar el cuerpo de Manuel había notado un fuerte aroma de vino. Esto indicaba que el muchacho había pasado un rato en algún café. Por eso Grant se determinó a visitar los cafés de Lima uno tras otro hasta dar con el que le había vendido el vino a Manuel. Deseaba hacerle algunas preguntas al dueño de ese café. "No sacaré nada en limpio," pensó Grant, "pero vale la pena probarlo. Preguntaré si le vió alguien."

En el primer café una muchacha estaba limpiando las mesitas. Grant describió al desgraciado mozo.

—¿Estuvo aquí anoche, señorita? —preguntó.

—No, señor, no le he visto nunca —respondió la muchacha.

Entró en otro café e hizo la misma pregunta. La respuesta fué poco más o menos igual. No habían visto a Manuel. Pero en el tercer café el dueño respondió:

—Sí, señor, el muchacho estuvo aquí anoche. Estoy seguro. Se bebió tres o cuatro vasos de vino. Yo mismo se los serví.

—¿Le acompañaba, quizás, alguna persona? —preguntó Grant.

El dueño se echó a reír.

—¡Ah, no señor! En el café no había más que dos personas.

Es decir, además del muchacho. Eran unos tíos raros. El muchacho los convidó a tomar algo con él, y ellos... no le miraron siquiera. ¡Qué tíos más raros!

—¿Se quedaron mucho tiempo después de la salida de Manuel?

—No, señor, salieron en seguida, dejándome un sol... ¡y resultó que el sol era falso! —dijo el dueño echándose a reír otra vez.

—¿Cómo eran esos tíos? ¿Puede Vd. decírmelo?

—¡Seguro! Me fijé bien en ellos, porque eran...

—Sí, ya lo sé, porque eran unos tíos raros —dijo Grant interrumpiéndole.

—Precisamente. Pues, uno de los hombres era alto. Tenía la nariz larga y la boca estrecha. Pero lo que me llamó más la atención... digo, lo que noté particularmente era que el hombre tenía los ojos muy pequeños. En mi vida he visto ojos tan pequeños.

—¿Y el otro? —preguntó Grant.

—El otro era un hombre bajo. Tenía la cabeza redonda, el pelo corto y rojo.

—Muchas gracias —dijo Grant— y haga el favor de aceptar estos seis soles. Le aseguro que no son falsos.

11

Grant fué inmediatamente a casa del doctor González. A la luz del día se vió que la casa era de piedra y muy grande. La puerta principal había formado parte de un antiguo palacio. Era una puerta enorme y daba a la casa un aspecto noble, casi real.[20]

En el centro de la puerta, a la altura de un hombre, colgaba un ángel de hierro. José solía mantenerlo siempre limpio, brillante. Por eso Grant quedó sorprendido al notar que esta mañana las hermosas alas del ángel estaban cubiertas de polvo. La cara ya no estaba limpia y suave sino del color de la tierra.

En la mano izquierda el ángel tenía una espada y en la derecha un libro de hierro. Para anunciar su presencia Grant levantó la espada y la dejó caer de golpe sobre el libro. Tan fuerte fué el golpe de la espada que se oyó claramente por toda la casa.

José no apareció en seguida. Cuando al fin abrió la ancha puerta, saludó a Grant, diciéndole:

—Perdone Vd., señorito. Estaba hablando por teléfono con la señorita Torres. Preguntaba por su novio, el doctor González.

—¡Pobre muchacha! —exclamó Grant—. Siento mucho haberle dicho[21] que su novio había vuelto a Lima. Ella creía que estaba en Panamá, y él quería que siguiese creyéndolo porque . . .

—La señorita Torres quiso ocultar[22] su miedo —interrumpió José— pero me di cuenta de que estaba llorando. ¿No le parece a Vd. que debe ir a verla, digo, para animarla un poco?

—¿Quieres decirme que el médico no ha vuelto todavía?

José parecía estar muy cansado. Le temblaban las manos más que nunca.

—No, señorito —respondió— no ha vuelto. Estoy seguro de que algo terrible le amenaza y . . .

—¿Conoces un hombre bajo, de cabeza redonda, y de pelo corto y rojo?

José pensó un rato y entonces respondió:

—No, señorito, no conozco a tal hombre. ¿Cree Vd. que él . . . ? Es decir, ¿cree Vd. que el doctor González encontrara[23] a ese hombre ayer por la noche?

—Es posible, José —contestó Grant—. Fundo esta opinión en una sola circunstancia. Poco antes de la muerte de Manuel, el dueño de un café vió salir a ese individuo y cree que siguió al muchacho.

—¡Ay, Dios mío! —exclamó el viejo—. ¿Le parece que . . . ?

—José —interrumpió Grant— ¿había algo escondido detrás del retrato de la señora? Es posible que el doctor González, antes de entregármelo, hubiese escondido[24] en el cuadro un papel u otra cosa. ¿Recuerdas?

Pero José no sabía nada.

—Perdóneme, señorito. ¿Por qué me lo pregunta?

Grant no contestó. Al contrario, hizo otra pregunta.

—¿Pensaba tu amo salir otra vez de la ciudad? ¿Iba a hacer un viaje . . . a Arequipa, por ejemplo?

—Sí, señor, creo que sí.

Cinco minutos después Grant se despidió de José. Echó a andar con paso rápido hacia su casa. "Al cabo," exclamó, "el asunto empieza a tener sentido. Al salir de Lima, Pablo me trajo un cuadro. Temía que alguien se lo robase, y por eso no quería dejarlo en su casa. A pesar de esto el cuadro desapareció. Ocho horas después un desconocido entró en mi casa y me quitó un mapa de Arequipa, arrancándolo de un libro. Se llevó también un mapa trazado por mí. Pablo González iba a hacer un viaje a Arequipa. Y ahora Pablo también ha desaparecido. Por lo tanto, hay que buscar tres cosas: primero, el cuadro; segundo, ese tío de pelo rojo; tercero, mi amigo Pablo González. Pero es difícil . . ."

De pronto se detuvo en medio de la calle. "Por supuesto," exclamó, "para esos hombres el cuadro no vale nada. Es por eso que vinieron de noche a mi casa. Ya sé lo que hay que hacer."

Comenzó a andar rápidamente hacia la Plaza de Armas. "Sí, —pensó— a ver si sale o no el problema. Pero antes, debo ir a ver a la infeliz Carlota."

12

En la sala adonde le condujo la criada había un grupo bastante grande. Los tíos de Carlota habían llegado del campo el día anterior, y con ellos dos hijos y un sobrino. Además de éstos, estaban presentes los padres, la abuela y dos hermanos.

—Buenos días, señor Grant —dijo Carlota—. ¿Trae Vd. noticias del doctor González?

Carlota Torres era una muchacha encantadora. Según la opinión de muchos, era la joven más hermosa de Lima. Tenía la cara fresca como una flor, los ojos brillantes, la boca color de rosa, con unos dientes menudos y blancos. Llamaban la atención especialmente sus manos delicadas y blancas y sus bien cuidados cabellos negros. Aquella mañana llevaba un vestido rojo, de un género finísimo. Pero los bellos ojos de Carlota estaban tristes y Grant notó que, en efecto, había llorado poco antes.

—Estoy seguro —dijo— de que pronto encontraremos a Pablo.

Estas palabras animaron a la muchacha. Parecía mucho más tranquila. Suspiró profundamente, como si le hubieran quitado de encima[25] un peso muy grande. Ella, como todo el mundo, tenía confianza en Henry Grant.

—¡Me alegro muchísimo de oírlo! —exclamó Carlota.

—¿No te lo dije yo? —dijo el tío en voz alta.

—Pero la carta, ¿por qué le escribió Pablo a ella desde Panamá? —preguntó de pronto la madre.

—Pablo deseaba sorprenderla. ¿No es cierto? —preguntó la tía, dirigiéndose a su esposo.

—Sí que es cierto —respondió el marido, en voz alta como de

costumbre. El tío de Carlota se creía sabio. Según su propia opinión siempre tenía razón.

—¿Sabe Vd. dónde está Pablo, señor Grant? —preguntó Carlota.

Henry Grant era hombre de honor y no quería decirle una mentira. Sin embargo, contestó que sí.

—Entonces yo quedo completamente satisfecha. Tenemos mucha confianza en Vd., señor Grant.

Aunque a Grant le gustaba la vida social, en esta ocasión no quería que siguiese la conversación. No quería confesar que ignoraba por completo lo que le había ocurrido a Pablo González. Por lo tanto, después de hablar un rato más con la familia, se despidió. El padre de la señorita Torres le acompañó a la puerta.

—Es cierto que Pablo ha desaparecido, ¿no? —le preguntó el señor Torres.

—Sí, señor —respondió Grant—. Espero que Vd. me perdone por haber engañado a Carlota. Es que no quería . . .

—Vd. tuvo razón —interrumpió el señor Torres—. Mucho mejor que mi hija no lo sepa.[26]

Entonces preguntó Grant:

—¿Conoce Vd. un hombre bajo, de cabeza redonda y de pelo corto y rojo?

El señor Torres quedó asombrado.

—¡Ya lo creo! —respondió—. Ese individuo es un enemigo mortal del médico. ¿Le ha visto Vd.?

—No, señor. Pero el dueño de un café me asegura que le vió salir tras un criado mío. Poco después encontré el cuerpo del pobre muchacho en la calle, no muy lejos de la casa del médico.

—¡Dios mío! —exclamó el señor Torres, abriendo mucho los ojos.

—Y le robaron a mi criado un cuadro. Era el retrato de la madre del doctor González.

—¿Y por qué se lo robaron? ¿Lo sabe Vd.?

—Creo que sí . . . Por lo menos, tengo una idea. Pero, dígame Vd., ¿cómo se llama ese hombre de pelo rojo?

—Ignoro su nombre. Poco antes de salir para la América del Norte, Pablo me habló por teléfono de él, pero no me comunicó su nombre.

—Pues yo trataré de hallarle, y pronto —dijo Grant.

El señor Torres se puso muy grave.

—Debo advertirle que corre gran peligro, señor Grant. Como Vd. ya sabe, Pablo González es un hombre muy valiente, pero temía a ese individuo de pelo rojo. Que tenga buena suerte[27] —dijo, cogiendo del brazo a Grant—. Le ruego que proceda con mucho cuidado.[28]

13

Cuando Grant entró de nuevo en su casa quedó asombrado al ver, sentado a su mesa, a un amigo suyo llamado Juan Salinas. Estaba escribiendo, y sin levantar la cabeza preguntó:

—¿Dónde diablos has estado tú? Te estoy esperando aquí desde las nueve. Supongo que te paseabas por las calles gozando del sol de la mañana.

—Al contrario, —contestó Grant— apenas me he fijado en el sol de la mañana.

—Entonces, ¿por qué has salido tan temprano?

—Déjame decirte lo que ha sucedido, Juanito. ¿Te acuerdas del doctor Pablo González?

—Ya lo creo. Y me acuerdo también de su novia. ¡Ah! ya empiezo a comprender. Has ido a visitar a la bella Carlota. Eso lo explica todo . . . ¡y el buen médico está lejos, muy lejos! Confieso que estoy asombrado.

—Pero el buen médico no está lejos —contestó Grant—. Está aquí en Lima. Al menos estuvo aquí anoche, y su presencia dió como resultado la muerte de mi criado Manuel.

—¿Te has vuelto loco? —preguntó Salinas.

—Cállate y presta atención a lo que voy a decirte.

Grant le contó la historia del desgraciado Manuel y del cuadro, con todas las circunstancias de su visita al café. Le contó también lo que había dicho el señor Torres respecto del hombre de pelo rojo.

Salinas escuchó con cuidado. Era de la misma edad que Grant, poco más o menos. Es decir, tenía unos veintinueve años. Era un joven vivo y alegre. Se reía de todo. Pero en ocasiones, cuando amenazaba algún peligro, solía mostrarse muy valiente.

Cuando Grant terminó de hablar, su amigo se levantó de la silla y dijo:

—Pues bien, tenemos que buscar a esos hombres. Vámonos.

—Bueno. Estoy dispuesto a seguirte. ¿Adónde vamos?

Salinas abrió la boca . . . y la mantuvo abierta. Volvió a sentarse, diciendo lentamente:

—Sí, ¿adónde? La cuestión es ésa, precisamente. Y no me parece sencilla.

—Tengo una idea —anunció Grant.

—¡Pues entonces, vamos a encontrarlos pronto seguramente! —exclamó sonriendo Salinas—. Nos hacía falta una idea. Ahora la tenemos. ¡Excelente, amigo mío!

—No te rías de mí, Juanito. Hablo en serio. Escúchame.

Rápidamente Grant comunicó a su amigo lo que pensaba hacer.

—Y tú vas a ayudarme, ¿no es verdad?

—Pues . . . tengo dos manos capaces de matar, con arma o sin ella, a cualquier tío de la especie que tú me has descrito. Pero te advierto que también tengo un par de pies capaces de reconocer el peligro, y que corren mucho cuando los mando huir.

—Bien. No debemos perder el tiempo.

—Conforme. Aquí me tienes, dispuesto para todo —dijo Salinas, poniéndose en pie—. Si te entiendo bien, lo primero que hemos de hacer es juntar todos los chicos de Lima.

Grant se echó a reír.

—Todos, no. Con veinte quedo satisfecho.

—A mí me parece una idea loca —declaró Salinas— pero vamos a probarla. Si tenemos buena suerte, habremos dado un paso adelante.

14

Una hora después la casa de Henry Grant estaba llena de niños. Los había[29] de todas clases: altos y bajos, ricos y pobres. Todos hablaban a la vez, haciendo un ruido continuo.

Grant levantó la mano y gritó:

—Hagan el favor de callarse.

Poco a poco el ruido fué cesando y, al fin, reinó un silencio absoluto.

—He perdido un cuadro —explicó Grant—. Quiero que Vds. me lo busquen. Es el retrato de una hermosa dama. Tiene la boca color de rosa y los ojos alegres, y en el pelo lleva una rosa.

—¿Dónde perdió Vd. el retrato? —preguntó un niño.

—Alguien me lo robó. Sospecho que el ladrón lo haya tirado

después. En ese caso, se encontrará en alguna calle o detrás de alguna casa. Hay otra cosa. Miren Vds. este pedazo de cristal. Observen que lo cruzan tres líneas, dos de color azul y una de oro. Hagan el favor de buscar otros pedazos semejantes. El que me traiga[30] el cuadro recibirá seis soles y por cada pedazo del cristal pagaré un sol.

Los niños dieron un grito de placer.

—Pierda Vd. cuidado, señor. Los hallaremos pronto. ¡Seis soles! . . . ¡Vámonos!

Los chicos se arrojaron a la puerta y se escaparon en todas direcciones.

—¡Vaya un modo de resolver el problema! —exclamó Juan Salinas—. Amigo mío, ¿crees real y verdaderamente que uno de esos niños pueda hallar el cuadro?

—No es fácil. En cambio, es posible que acierte alguno de ellos. Para los ladrones el cuadro no valdría nada. Fundo esta opinión en el hecho de que un desconocido vino a mi casa de noche. Arrancó de un libro mío el mapa de Arequipa. Habían tenido esperanzas de hallar tal mapa detrás del retrato y, no encontrándolo, mandaron a mi casa a ese individuo. Creían que Pablo lo había dejado conmigo.

—Es posible que ese mapa no tenga relación alguna con la desgracia de Manuel —dijo Salinas.

Grant reconoció que su amigo tenía razón.

A la una de la tarde el primer niño volvió con un cuadro. Grant lo miró y rompió a reír.

—¿Dónde has comprado esto? —preguntó.

—Vd. nos dijo, señor, que tenía grandes deseos de encontrar el retrato de una dama que tuviese una rosa en el pelo. Nosotros prometimos hallarlo.

—Pues bien, hazme el favor de continuar buscándolo . . . y no lo compres. No quiero un cuadro nuevo.

Apenas había salido el chico cuando llegó otro con un cuadro

. . . y cada uno traía un cuadro.

bajo el brazo. En menos de hora y media habían vuelto casi todos los niños, y cada uno traía un cuadro. Había cuadros grandes y cuadros pequeños. El más grande de los muchachos traía trece, todos absolutamente iguales.

—Si Vd. quiere pagar seis soles por el retrato de una dama, de seguro me dará por estos trece . . .

—¡Vete! —le mandó Grant.

—Me gusta ese chico —dijo Salinas—. Va a ser un gran hombre de negocios.

El reloj de la catedral acababa de dar las ocho cuando oyeron un ruido en la calle. Un grupo de muchachos venía corriendo calle arriba. A la cabeza del grupo había un chico de ojos verdes. Colgado al cuello llevaba un cartel que decía:

Tomás Cano
DETECTIVE

En la mano tenía una caja.

—Mire Vd., señor Grant —dijo Tomás, abriendo la caja. —Tiene que pagarme diecisiete soles.

La caja contenía diecisiete pedazos de cristal, cada uno con sus líneas de azul y oro.

—¿Dónde los encontraste? —preguntó en seguida Grant.

—En una de las calles de esta ciudad.

—Por supuesto, pero ¿cómo se llama?

—¿Cuánto le vale, señor, descubrir el nombre de esa calle? —dijo el muchacho.

—¡Que el diablo me lleve,[31] si no llegan a ser hombres de negocios *todos* los chicos de Lima! —exclamó Salinas.

—Si quieres conducirnos ahora mismo al lugar donde hallaste estos pedazos de cristal, te daré más dinero —prometió Grant.

—Está bien, aunque no tengo ganas de entrar en esa calle de noche. Le advierto que no le va a gustar, pero ya que Vd. se empeña en ir allá ahora mismo . . . vamos.

15

Había sido un día hermoso, mas no iba a ser así la noche. Poco después de ponerse el sol se alzó un viento fuerte y el cielo volvió a cubrirse de nubes espesas y negras. Grant y Salinas andaban rápidamente por la calle, siguiendo siempre a Tomás. Grant pensaba en los sucesos de la noche anterior, y los pensamientos no le eran muy agradables.

—Esto no me gusta nada —dijo Tomás parándose en medio de la calle—. Espero que Vd. sepa lo que hace.

—Pierda Vd. cuidado, señor detective. Yo sé lo que me hago[32] —dijo Grant—. A propósito, ¿cuántos años tienes?

Tomás respondió que tenía quince años y que su padre servía en uno de los teatros de Lima. Su hermana mayor era maestra de escuela, pero a Tomás no le gustaban los libros.

—Me cansa muchísimo la escuela. Apenas puedo sufrirla. Además, salgo siempre con malas notas. No quiero asistir a la escuela sino hacerme soldado, como mi tío Miguel —confesó el muchacho—. Los soldados siempre tienen dinero.

Salinas rompió a reír. Luego dijo:

—En ese caso serás buen soldado. Pero, ¿adónde nos llevas?

Ya se lo advertí —dijo Tomás.

Andaban por una calle estrecha, en una parte de la ciudad enteramente desconocida lo mismo para Grant que para Salinas.[33] Más adelante, la calle se convirtió en una especie de camino estrecho. En el espacio de quince minutos no encontraron más que siete u ocho casas, todas oscuras y de aspecto miserable.

—Dentro de media hora ya no podremos ver nada —dijo Grant—. Date prisa, chico.

En esto salió de entre unos árboles un perro enorme y se lanzó sobre el muchacho. Éste le tiró una piedra a la cabeza. Salinas dió un grito y el animal se retiró, metiéndose otra vez entre los árboles.

Dieron algunos pasos más. De pronto Tomás exclamó:

—¡Ya llegamos! Al menos, creo que era aquí... Sí, aquí mismo.

Salinas encendió una luz y dijo en seguida:

—Tienes razón, chico. Éste es el sitio, sin duda. Aquí tengo otros dos pedazos del cristal. Ahora, Enrique, me debes a mí dos soles.

Grant no prestaba atención a lo que decía su amigo. Tenía los ojos fijos en el camino. En el suelo había señales de que un automóvil había dejado el camino, pasando entre unos árboles a la izquierda. Detrás de estos árboles había otros más altos y, poco más allá, una casa enorme de piedra.

—Por lo visto, no hay nadie —dijo Salinas.

Pero de pronto se vió un rayo de luz. Alguien había abierto la puerta, cerrándola inmediatamente.

—Tomás —dijo Grant— nos has servido muy bien y te lo agradezco. Aquí tienes el dinero que te prometí. Si no me engaño, llegarás a ser general algún día.

—¿Qué quiere Vd. que haga ahora? —preguntó Tomás.

—Vete a casa. Ya has hecho bastante.

Tomás pareció ofendido.

—¿Es que me toma Vd. por un niño de diez años? Pues no, señor. Quiero ayudarle a terminar este asunto. No olvide Vd. que tengo quince años bien cumplidos.

—Cuando a un soldado se le manda hacer algo,[34] obedece, Tomás. Es decir, obedece si es buen soldado.

—Un buen soldado —respondió Tomás— no deja en peligro a sus amigos.

—¿Cómo sabes tú que estamos en peligro?

—A mí no me engaña Vd. —contestó Tomás—. Sin embargo, me voy ya que Vd. me lo manda. Buenas noches.

Cuando el muchacho desapareció, preguntó Salinas:

—¿Qué hemos de hacer ahora?

—Pienso saber quién está en aquella casa.

—Bueno. Vamos.

—Un momento —dijo Grant— tú no tienes que acompañarme.

—Un buen soldado no deja . . .

Grant se echó a reír.

—Pues bien, como quieras.[35] Iremos juntos. ¿Tienes armas?

—Tengo las dos manos. Son duras y me bastan.

—Espero que tengas razón —dijo Grant.

Dejaron el camino y se acercaron lentamente a la casa, ya casi escondida por las sombras de la noche.

16

Con mucho cuidado para no caerse y para no hacer ruido, Grant y Salinas fueron acercándose a la casa. Ésta se veía como enorme masa negra. Ahora parecía completamente abandonada.

—¿Cómo entramos? —preguntó Juan Salinas al oído de Grant.

—No lo sé, pero entraremos —contestó éste.

—¿Cuántas entradas tendrá esta . . . ?

—¡Cállate! Hay que evitar todo ruido.

De pronto Grant se detuvo y cogió del brazo a Salinas. Estaban ya muy cerca de la casa.

—¿Has oído algo? —preguntó.

—Es el perro, si no me engaño —dijo Salinas— y no me gustan los perros, . . . sobre todo de noche.

—¡Bah! Será un perro viejo. No tendrá más que dos dientes —dijo Grant en voz baja, con los labios junto al oído de su amigo.

—Sin embargo, no nos conoce y mientras le queden[36] dos dientes yo no tengo ganas de encontrarme con él.

—¿Tienes miedo? —preguntó Grant.

—¿Yo miedo? La verdad es que me interesa ese perro. ¿Cómo habrá perdido los dientes . . . digo los que le faltan? Los habrá dejado en el brazo de algún hombre.

Grant llevó la mano a la boca de su amigo.

—¡Cállate, por amor de Dios! Siento no haberte dejado en casa. Es necesario tomar en serio este asunto. Los pedazos de cristal que hemos encontrado en el camino indican claramente que el cuadro que buscamos está por ahí. Y es posible que Pablo González esté encerrado en esta casa. Debemos hacer un gran esfuerzo . . .

—Pues bien —dijo Salinas interrumpiéndole— propongo que tú vayas por la izquierda[37] mientras yo voy por la derecha.

—Está bien, y si tenemos suerte . . .

—Si tenemos suerte, nos encontraremos detrás de la casa —dijo Salinas, apartándose de su amigo.

Dos segundos después Grant le perdió de vista. Se acercó a la casa por el lado izquierdo y pronto pudo distinguir una puerta, por debajo de la cual se veía un poco de luz. Por lo visto era la misma puerta que alguien había abierto poco antes. También pudo distinguir varias ventanas, todas oscuras. Fuera de la débil línea de luz, no había señales de vida dentro de la casa.

Sobre la cabeza de Henry Grant las hojas de los árboles temblaban en el viento. El suelo estaba duro, seco, y en algunos sitios estaba cubierto de piedras pequeñas que sonaban bajo los pies del joven. Delante de él se alzaba la enorme casa, cuyas ventanas oscuras parecían amenazarle.

De pronto Grant se detuvo. Había notado que una de las ventanas estaba rota. Le faltaba un cristal en la parte inferior. Se colocó debajo de la ventana y trató de abrirla. Aunque la encontró bien cerrada, metió el brazo, y al fin logró abrirla. Una vez abierta, no le fué muy difícil subir a la mesilla de la ventana y meterse dentro de la casa.

Quedó un rato escuchando. "¡Qué locura! ¡Qué empresa más loca!" pensó Grant. "Si me descubren me toman por ladrón y me matan."[38]

—Permítame decirle, señor Grant, que ésta no es la casa que Vd. busca. Está Vd. en un error —dijo una voz tranquila.

En ese instante un fuerte brazo le dió en la cabeza con algo duro y pesado y Grant cayó al suelo sin sentido.

17

Cuando volvió en sí, se halló tendido sobre una caja larga en un cuarto completamente oscuro. El cuarto no tenía ventanas. Quiso levantarse y no pudo. Tenía un fuerte dolor en la cabeza. Sentía dolor también en la mano derecha y se dió cuenta de que se había cortado con el cristal roto de la ventana. Sufría, además, en la conciencia.

¿Qué le habría sucedido a Juan Salinas? Grant sentía mucho haber metido a su amigo en este asunto. Tomás, al menos, estaba en su propia casa y en su propia cama.

No había duda. Si algo violento le había pasado a Pablo González, él mismo era víctima del poder que amenazaba a su amigo. El golpe que había recibido al entrar en aquella casa demostraba bien claramente que había motivo, que no era cuestión de suerte. Recordó que el que le había pegado le había llamado "señor Grant."

Le costó trabajò levantarse, y apenas podía mantenerse en pie. Le parecía que el cuarto daba vueltas alrededor de su cabeza. Sin embargo, se puso a examinar el cuarto con las manos. Encontró una puerta, firmemente cerrada, por supuesto. Cerca de la puerta había una mesa y sobre ella varias cajas pesadas. Éstas se alzaban a la altura de su cabeza. Más allá dió con un pedazo de carne colgada de la pared.

"Este cuarto," pensó Grant, "contiene las cosas de uso diario. ¡Y ahora me contiene a mí! ¿Para qué serviré yo?"

Se sentó para considerar el caso. Poco antes había creído que el golpe le había hecho mucho daño, mas ahora se sentía mucho mejor. El dolor de cabeza se le iba quitando poco a poco.

De pronto se puso en pie. Había oído un ruido leve fuera de la casa. El ruido se aumentó un poco, y Grant se dió cuenta de que un automóvil salía al camino. Un momento después oyó otro ruido. Alguien se acercaba a la puerta del pequeño cuarto. En seguida la puerta se abrió y unos fuertes rayos de luz le dieron en los ojos a Grant, dejándole completamente ciego. Otra vez oyó la voz tranquila.

—Veo que Vd. se ha despertado, señor Grant. Espero que haya descansado. Ahora, tal vez, Vd. va a mostrarse generoso y va a decirme la verdad.

Poco a poco los ojos de Grant iban acostumbrándose a la luz. En la puerta había un hombre bajo, de cabeza redonda. Tenía el pelo corto y rojo, la nariz grande y más roja aún que el pelo. En la mano derecha llevaba un arma, y a su lado había un enorme perro negro.

—Siento mucho no haber tenido el honor de conocerle, señor . . . —dijo Grant.

El hombre se echó a reír.

—Mi nombre no importa. Le aseguro que no pertenezco a la alta sociedad de Lima. Lo que importa es que Vd. me diga dónde está el mapa. Quiero decir, el mapa que le entregó el doctor González. Y no pretenda Vd. engañarme.

—No me acuerdo de ningún mapa. ¿A qué mapa se refiere Vd.?

—Le advierto, señor Grant, que no puede engañarme. Ya sabemos que era un mapa de las provincias de Arequipa y Cuzco. Sabemos también que estaba escondido en la caja que González le entregó a Vd.

—Y ahora yo sé —contestó Grant— quién mató a mi criado Manuel Ramón.

—No se trata de un criado sino de un mapa. ¿Dónde está, señor Grant?

Grant no quiso responder, y el de la cabeza redonda continuó:

—Es posible, por supuesto, que ya lo hayamos encontrado.

Grant se acordó del ladrón que le había robado el mapa y la hoja de papel, y dijo con calma:

—Sí . . . es posible que Vds. ya lo tengan.

—Que descanse, señor —dijo el hombre, y otra vez se echó a reír. En seguida salió, cerrando la puerta con llave, y el cuarto quedó otra vez completamente a oscuras.

Pero ya se le había ocurrido a Grant una idea. Se movió lentamente hacia el sitio donde había tocado el pedazo de carne.

18

Momentos después se oía un gran ruido. Parecía que la casa misma se estaba cayendo. El ruido venía del cuarto donde estaba encerrado Henry Grant. Éste iba echando al suelo una tras otra todas las cosas que alcanzaban sus manos.

El de la cabeza redonda corrió a la puerta, seguido del enorme perro negro. "Ese diablo está destruyéndolo todo," decía mientras buscaba el ojo de la llave para abrir la puerta. Al abrirla gritó:

—¡Basta! ¡Déjese de eso![39] Si no . . .

No acabó la frase. Desde la más alta de las cajas que estaban en la mesa, Grant se arrojó sobre su enemigo. Y al mismo tiempo tiró al fondo del cuarto la carne. Apenas había dado en el suelo cuando el perro, saltando por encima de los dos hombres, cayó sobre ella. Entre el perro y la puerta el suelo estaba cubierto de cajas y otros objetos, todos hechos pedazos, y todo el cuarto estaba lleno de polvo.

De un salto Grant se puso fuera del cuarto, y en un abrir y cerrar de ojos el enemigo se encontró encerrado. Por fortuna, había dejado la llave puesta y ahora la tenía Grant.

—Vd. está loco, señor Grant. No ha debido meterse en este asunto y le aseguro que va a sentirlo mucho —dijo el hombre a través de la puerta.

—¿Por qué no grita Vd., para que acuda su amigo?[40] ¿Es que no está en casa? —preguntó Grant.

El hombre no contestó inmediatamente. Por fin, dijo:

—Señor Grant, yo me llamo Bernardo O'Higgins.[41] Soy hombre de bien y . . .

... Grant se arrojó sobre su enemigo.

—Y yo me llamo Alfonso el Sabio[42] —dijo Grant rompiendo a reír.

—No se ría de mí, señor. Soy hombre humilde. Confieso que no he procedido justamente con Vd., y lo siento en el alma. Hagamos las paces, perdóneme y abra la puerta. Luego Vd. puede disponer de mí como guste.

"A ese tío le parece que soy un inocente," pensó Grant. Sin embargo, respondió:

—Si Vd. quiere decirme dónde está Pablo González, tal vez vuelva más tarde a ponerle en libertad.

—Le juro, señor Grant, que no sé dónde está, pero le aseguro que . . .

—Adiós, amigo mío —dijo Grant alejándose.

Reconoció todas las habitaciones de la casa. Tenía vivas esperanzas de encontrar en alguna de ellas al médico, pero no había nadie. En una sala grande, cuyas ventanas daban al camino, notó Grant que alguien había pegado fuego a unos papeles. El fuego estaba enteramente apagado y quedaban algunos papeles a medio consumir.

Grant se puso a examinarlos. Pronto sus ojos quedaron fijos en un pedazo de papel. Era el retrato de una hermosa dama. Faltaba la parte inferior, pero quedaba sin daño alguno la cabeza, y en el pelo se veía una rosa; mejor dicho, media rosa.

No había duda. Era el retrato de la madre de su amigo. Al fin lo había encontrado. Lo guardó, y con la cabeza llena de pensamientos tristes salió de la casa.

Al encontrarse de nuevo en el camino, vió que un hombre corría hacia él. Era Juan Salinas.

—¡A Dios gracias! —exclamó conmovido Salinas, abrazando

a su amigo—. Creía que te habían llevado en ese coche. Quise seguirlo, pero . . .

Grant cogió del brazo a su amigo.

—¿Quieres decir que en el coche iba una persona contra su voluntad?

—Sí. Los vi arrastrar hasta el coche a un hombre, pero no acerté a reconocerle. ¿Sospechas que . . . ?

—Desde luego. Sospecho que era Pablo González. Pablo estuvo en aquella casa y yo me escapé . . . tarde —dijo Grant, y las palabras parecían ahogarle—. Ahora mismo —continuó— ese tío me las va a pagar todas.[43] Vamos.

Volvieron a la casa y se dirigieron al cuarto donde Grant había dejado encerrado al señor O'Higgins. Quedaron asombrados al ver que la puerta estaba abierta. ¡El pájaro había volado! El perro negro volvió la cabeza para mirarlos, presentándoles una cara fea, la boca abierta y la lengua fuera. Luego siguió comiéndose la carne sin hacerles caso.

19

A la mañana siguiente Grant se despertó temprano. En un árbol cerca de la ventana cantaban algunos pájaros y en la calle delante de la casa hablaban en voz alta algunos muchachos. Grant reconoció la voz de uno de ellos. Era la de Tomás. Se levantó, se vistió rápidamente y se asomó a la ventana.

En efecto, allí estaba Tomás, y con él tres compañeros que habían formado parte del grupo del día anterior. Tomás miraba la ventana y sus ojos verdes expresaban duda y miedo a la vez. Al ver asomarse a la ventana a Grant, gritó con alegría.

—¡Señor Grant, señor Grant, baje Vd. en seguida! Tengo que decirle algo.

Luego se dirigió a los tres compañeros:

—Mil gracias, amigos. Ya no necesito de su ayuda. Hemos encontrado al señor Grant y ahora pueden retirarse. Yo me encargo de lo demás.

Grant fué a abrir la puerta.

—¿A qué has venido a mi casa tan temprano, Tomás? ¿Qué ocurre?

—Es que tengo que decirle algo de muchísima importancia.

—Pues bien, Tomás —dijo Grant—. ¿Qué es lo que quieres comunicarme? Dímelo pronto porque tengo mucho que hacer.

Tomás parecía estar turbado y tardó un poco en contestarle. Luego dijo humildemente:

—No le obedecí anoche, señor Grant. Espero que me perdone. No me fuí a casa —continuó rápidamente—. Me quedé en una calle no muy lejos de aquella casa. Permítame decirle lo que sucedió.

Grant se mostró muy interesado.

—No mereces culpa, Tomás. Date por perdonado.

El muchacho sonrió y dijo:

—Al dejarle a Vd. y al señor Salinas anoche, bajé al camino. Pensaba irme a casa como Vd. me había mandado, pero después de andar muy corta distancia lo pensé mejor. Atravesé unos campos y me acerqué a la casa, colocándome al fin entre algunos árboles detrás de ella. Me escondí bien para que nadie me viera. Momentos después vi salir a dos hombres. Entre ellos llevaban una cosa pesada y al meterla en un coche vi que era un hombre.

—Sigue, sigue —dijo Grant—. ¿Qué pasó entonces?

—Pues uno de los hombres volvió a la casa. El coche arrancó inmediatamente y yo eché a correr tras él. Sin duda lo habría alcanzado si no hubiera tropezado con una piedra.[44] Al caerme se me ocurrió una idea. Recordé que a corta distancia de la casa el camino da vuelta a la derecha. Si pudiera detener el coche medio minuto, podría correr a través de los campos para alcanzarlo. Al levantarme cogí una piedra y la tiré con todas mis fuerzas. Tiro bastante bien una piedra y tuve la buena suerte de romper la ventanilla del coche. Éste se paró inmediatamente y yo eché a correr por los campos.

20

—Conozco perfectamente esos campos —continuó Tomás— y no volví a caerme. Fuí volando . . .

—¿De manera que tú tienes alas?

—No, señor, ni soy ave ni ángel. Me faltan alas, pero no me falta la buena voluntad —respondió Tomás.

—¡Sí que no te falta! Eres un chico fiel y valiente —afirmó Grant.

—De todos modos corro mucho, y antes que llegase el coche[45] ya estaba esperándolo al lado del camino. En aquel punto el camino está en malas condiciones, de modo que el coche, al pasar delante de mí no andaba muy rápidamente y . . . En fin, para decírselo de una vez, pude alcanzarlo.

—¡Magnífico! ¡Eres un atrevido! —exclamó Grant—. ¿Y luego?

—A poco entramos en una calle ancha. Unos quince minutos después dimos una vuelta a la izquierda, y poco más adelante, otra vez a la izquierda. Al cabo, vi que nos acercábamos al Callao.[46] Poco después el coche se paró y me aparté de él con mucha prisa, escondiéndome en una puerta. El hombre bajó del coche y entró en una casa. Yo estaba a punto de ir a ponerle a Vd. en libertad creyendo, como ya se lo he dicho, señor Grant, que era

Los dos sacaron del coche al tercero . . .

la víctima, cuando el hombre salió acompañado de otro. Los dos sacaron del coche al tercero y volvieron a entrar en la casa. Pasaron muy cerca de mí, y a pesar de la oscuridad vi que la víctima no era Vd., sino otro. En tal situación yo no servía para nada, y volví a casa. ¡Un viaje inútil!

—¡Al contrario, un viaje utilísimo! ¿Puedes conducirme a esa casa en el Callao?

—¡Vaya una pregunta! ¡Figúrese! ¿A qué he venido aquí? Ahora mismo le conduzco a esa casa, si está dispuesto a acompañarme.

21

Estaban a punto de ponerse en camino, cuando llegó Juan Salinas. Éste quedó sorprendido al ver a Tomás.

—Presta atención, Juanito —dijo Grant—. Quiero que oigas lo que acaba de decirme este chico.

Tomás volvió a dar cuenta de su extraña aventura de la noche anterior.

—Hay que acudir en ayuda de Pablo González —dijo Salinas—. De aquí a una hora quizás no le hallemos en el Callao ni en ninguna otra parte.

—Hay tiempo —respondió Grant— puesto que esos tíos ignoran lo que ha sucedido.

A pesar de estas palabras se veía claramente que Grant también consideraba que debían aprovechar los segundos. Antes de salir, sin embargo, abrió la caja de hierro para asegurarse de que el retrato de la madre de González quedaba donde lo había escondido al volver a casa la noche anterior.

—¡Adelante! —dijo al fin— y que la suerte no nos engañe esta vez.

—Y esta vez —dijo Tomás— que no me despida Vd. como si fuera un niño de cuatro años.

Grant se había negado a dejarle acompañarlos la noche anterior, y el muchacho seguía ofendido.

—Tomás, tú vales más que tres hombres, armados y a caballo. Un hombre, quienquiera que sea, se conoce por sus actos —respondió Grant—. Y no te digo nada del deber que tienes de asistir a las clases —añadió sonriendo.

—Cumplo con todos mis deberes, menos ése, señor. Si hoy asistiera a la escuela, no aprendería nada. Además, es temprano y no hay clase a estas horas. Vámonos.

—¿Te parece que era, en efecto, Pablo González? —preguntó Salinas, mientras andaban por la calle.

—Sí, Juan —respondió Grant—. Me fundo en el hecho de que Pablo desapareció casi a la misma hora que el cuadro. Eso no prueba nada, bien lo sé, pero estoy seguro de que Pablo se habría comunicado conmigo si estuviera libre.

Hacía más de una hora que caminaban cuando el muchacho volvió a la izquierda.

—Por aquí, señores. Es la última casa, allí a la derecha. Además de la puerta principal hay otra más pequeña donde yo me escondí anoche.

Era una casa cualquiera. No había nada que la distinguiera de las demás.[47]

Grant subió a la puerta seguido de sus dos compañeros.

—Ahora veremos —dijo. Y dió tres golpes en la puerta.

22

Al principio nadie respondió. Grant volvió a llamar, dando golpes cada vez más fuertes.

—Voy a saber quiénes están ahí dentro —dijo en voz baja, pero firme—. Si es necesario, traigo una compañía entera de soldados.

A poco se oyó un ruido leve. Alguien se movía cerca de la puerta. Luego, silencio absoluto.

—Abra Vd. la puerta —gritó Grant—. ¡Abra! Si no, la echamos abajo.

En esto la puerta se abrió un poquito. Grant se arrojó contra ella y quedó abierta de par en par.

Los tres se hallaron frente a frente con un hombre pequeño. Tenía el pelo blanco, la cara ancha y fea. A pesar de lo muy pequeño que era, los miraba con la majestad de un rey.

—¿Qué quieren ustedes? —preguntó en tono severo—. ¿Están ustedes acostumbrados a despertar así a las personas honradas apenas levantado el sol?

—Buscamos a un tal O'Higgins —contestó Grant en voz tranquila.

—Aquí no hay ningún O'Higgins, y ahora, hagan el favor de . . .

—Estuvo aquí anoche —le interrumpió Tomás— y no hay modo de engañarnos. Yo mismo le vi entrar en esta casa.

Grant sabía, por supuesto, que el muchacho no había visto entrar a O'Higgins, pero lo callaba.

—¿Dónde está? —preguntó Salinas—. Deje Vd. que yo coja a ese individuo.[48]

—Estoy solo en esta casa —dijo el hombrecito— y si ustedes se empeñan en entrar, yo no puedo impedirlo. Les advierto, sin embargo, que el señor juez lo sabrá en seguida. Supongo que ustedes no ignoren la ley.

Esto era la pura verdad, bien lo sabía Grant, y comenzó a dudar que esta casa fuera la que buscaban. Era posible que Tomás se hubiera engañado. De noche una calle se parece a otra y no había más prueba que la palabra del chico. Si entrasen a la fuerza, tendrían sin duda que presentarse ante el juez. En tal caso, era muy posible que Juan Salinas perdiera su puesto como oficial del gobierno. No, sería mucho mejor proceder con cuidado.

El hombrecito seguía guardando la puerta con los brazos cruzados sobre el pecho. Grant se decidió a pedirle perdón, pero antes dijo:

—Señor, buscamos a Pablo González, amigo mío, y creíamos...

—Yo no sé nada de ningún doctor González —dijo el viejo en voz alta. Al decir esto se echó atrás y al mismo tiempo procuró darle a Grant con la puerta en las narices. Grant impidió con el pie que la puerta se cerrase,[49] y dando un gran salto cogió del cuello al hombrecito.

—Seguidme —gritó—. Hemos acertado.

En un instante, el viejo se vió rodeado de los tres amigos. Entonces Grant se dirigió a él, diciendo:

—Cogido te tenemos, miserable. No he dicho nada de un *doctor* González. ¿Cómo sabes tú que se trata de un doctor González? Ahora bien, si no quieres ir al cielo sin alas, dinos la verdad. ¡Nada de mentiras! ¿Dónde tienes escondido a Pablo González?

23

A las cinco de aquella tarde Carlota Torres, novia del doctor González, hizo una visita a casa de Henry Grant. La casa estaba situada en la calle de San Martelo. Hacía muchas horas que Carlota no tenía noticias ni de su amante ni del señor Grant, y a medida que pasaba el tiempo crecía su temor. Ya no podía quedarse inactiva en casa.

—He pasado todo el día junto al teléfono, señor Grant —dijo Carlota al entrar en el estudio de éste— y no ha sonado ni una vez. ¿Es que usted no tiene nada que decirme?

En los bellos ojos negros de la joven se veía pintado un temor terrible, y a medida que hablaba iban llenándose de lágrimas.

—Sí, señorita, sabemos que . . .

—¡Dios le bendiga![50] —interrumpió ella—. ¿Dónde está?

—Siento no poder decírselo, señorita Torres, pero sí puedo decirle dónde estaba anoche . . . y estoy seguro de que está bien de salud. (La segunda parte de esta oración, pronunciada para animar a la pobre muchacha, expresaba una esperanza más bien que una verdad.) Tenga usted la bondad de sentarse. Quiero decirle lo que hemos descubierto.

Carlota se sentó, procurando mostrarse más tranquila.

—Usted quiere mucho a Pablo, ¿verdad? —dijo Grant con tierna bondad.

—Le adoro . . . le amo con toda mi alma —respondió Carlota en voz baja—. Hace un año que somos prometidos y vamos a casarnos dentro de dos o tres meses. Sé que usted también le tiene cariño y que le estima mucho, señor Grant. ¿Qué podemos hacer? Usted es hombre de juicio y en este momento cuento con su juicio para . . . Pero usted estaba a punto de decirme algo.

Grant le contó lo de la noche anterior. Le contó también lo que había sucedido por la mañana.

—Cuando entramos en la casa en el Callao —concluyó diciendo— descubrimos que tres hombres habían dormido allí. Había tres camas, las cuales estaban todavía calientes, indicando que los tres se habían levantado poco antes o poco después de llamar nosotros a la puerta de aquella casa. Pero el viejo no podía decirnos adónde se habían ido. Quedé bien satisfecho de que él no nos mentía. Durante todo el día varios hombres han recorrido la ciudad de Lima buscando a ese O'Higgins y a Pablo. Mi amigo Salinas y un muchacho llamado Tomás Cano se han encargado de observar todos los medios de que pudiera valerse O'Higgins[51] para escapar, o por tierra o por mar. Yo mismo he observado con cuidado el campo de aviación. Pedro Suárez, íntimo amigo mío, que trabaja en el campo, nos ayuda en esto.

—Vd. no puede figurarse lo mucho que agradezco el servicio que me han prestado Vd. y sus amigos. No lo olvidaré jamás. Con su bondad voy cobrando ánimo —dijo Carlota, sonriendo a través de sus lágrimas.

Era, por cierto, una joven de belleza extraordinaria, y tenía el encanto de un carácter noble en extremo.

En esto sonó el teléfono. Grant se levantó diciendo:

—Aguárdeme un momento.

Medio minuto después exclamó:

—¡Buena suerte! Era Suárez. Dice que un pequeño monoplano llegó a Arequipa esta tarde y que bajaron de él tres hombres. Está seguro de que uno de ellos era Pablo González y otro Bernardo O'Higgins.

Ya estaba de pie Carlota Torres, la boca abierta y los ojos brillantes.

—¿Va usted a Arequipa? —preguntó rápidamente.

—¡Ya lo creo! —respondió Grant.

—Pues bien, yo le acompaño —dijo Carlota resueltamente.

Bien sabía Grant que no debía permitirlo. No quería que la hermosa joven expusiera la vida a peligros desconocidos. En cambio, se hacía cargo de que era inútil oponerse a ello, y no podía menos de admirar el espíritu de la muchacha. Además se vió obligado a conceder que ella tenía razón.

—Muy bien —dijo al fin— como Vd. guste.

—¿Cuándo salimos? ¡Que sea pronto, pronto!

24

A las seis de la mañana siguiente Henry Grant y Carlota Torres se hallaban sentados en un aeroplano. A corta distancia de ellos estaban Juan Salinas y Tomás Cano, quienes habían venido a la estación para despedir a su amigo. Tomás parecía muy triste. Hubiera dado la mitad de su vida por acompañar a aquellos dos.

—¡Pobre Tomás! —dijo Carlota. Y poco después añadió: —Cuando pienso en lo que dirán mis padres, mis tíos y mis primos . . . casi, casi estoy por cambiar de sitio con Tomás. Pero ya es tarde —concluyó diciendo.

El aeroplano se ponía en movimiento y dentro de poco los dos amigos estarían volando por las nubes.

—Espero que Vd. no lo sienta —dijo Grant.

—¿Sentirlo? ¡Jamás! —exclamó Carlota, sonriendo.

"¡Qué suerte la de Pablo González!" pensaba Grant.

Ya el aeroplano se elevaba rápidamente. Debajo de ellos se extendía la ciudad de Lima. Se veían distintamente la Plaza de Armas y la famosa catedral con sus dos torres. Se veían también otras iglesias más pequeñas, y las calles largas y anchas que cruzan la ciudad. En la distancia detrás de ellos se veían Ancón y las muchas islas del río Rimac,[52] que divide la ciudad en dos partes, y más allá del río, el monte llamado Cerro de San Cristóbal. A la derecha se veía el Callao con su castillo. A la izquierda se veían los lejanos Andes[53] del Perú y entre las montañas y el mar una región seca con pocos árboles.[54] De vez en cuando volaban por

Hubiera dado la mitad de su vida por acompañar a aquellos dos.

encima de ríos que bajaban de las montañas, y a lo largo de éstos se veían espacios verdes donde la tierra produce muchos frutos.

Momentos después Carlota señaló con el dedo el pueblo de Pisco a lo lejos, junto al mar.

—Cerca de Pisco —dijo— hay una piedra que señala el lugar adonde, hace más de cien años, vino San Martín a dar libertad al Perú, dominado entonces por España. Como ya lo sabe Vd., lleva su nombre una plaza de Lima.

—Sí. Conozco bien la Plaza de San Martín.

—En la Universidad de San Marcos[55] un primo mío se dedica al estudio de las ciencias naturales. Aunque es joven todavía, ya se ha establecido como autoridad en esta materia. El amor a la patria le inspira y tiene una verdadera pasión por la historia de su país. Acaba de salir una importante obra suya sobre los incas. Conoce bien esta parte del país —continuó Carlota—. Si el aire fuera un poco más claro tal vez podríamos ver el Cerro Colorado, donde el suelo está cubierto de polvo rojo. Allí se ha encontrado gran número de cuerpos de hombres, mujeres y niños, todos bien conservados.[56] Son de la época de los incas.[57] Parece mentira que los elementos no los hayan destruído, ¿no?

—Sí, parece mentira. Recuerdo haber leído algo de eso recientemente en un periódico norteamericano.

—Yo misma quisiera dedicarme al estudio de la historia, pero mis padres se empeñan en que estudie la música. Es una historia ilustre la de mi país, señor Grant —dijo Carlota—. Para comprenderla hay que hacer un viaje al Cuzco, capital del antiguo reino de los incas. Cuando vinieron los españoles en el siglo dieciséis el Cuzco era una ciudad rica y muy adelantada.

—No dejaré de visitarla —respondió Grant—. Hace mucho tiempo que tengo la intención de hacer un viaje al Cuzco, pasando por todos los puntos de interés especial. (El viaje al Cuzco iba a realizarse mucho más pronto de lo que se imaginaba Grant.)

25

Grant echó una mirada hacia abajo. Le parecía que la tierra se levantaba rápidamente. En cuatro horas y media, poco más o menos, habían recorrido los ochocientos kilómetros de Lima a Arequipa.

—¿Tiene Vd. verdaderas esperanzas de encontrar a Pablo? —preguntó Carlota—. ¿Qué piensa hacer ahora?

—Tres hombres —contestó Grant— no pueden perderse de vista sin dejar alguna señal que nos indique[58] sus movimientos. Hay que tener fe, señorita. Aunque yo no soy detective, aprendo a ejercer este oficio.

A Grant no le era difícil descubrir que, en efecto, tres hombres habían llegado a Arequipa por aeroplano el día anterior. Le enseñaron el pequeño monoplano.

—Uno de los hombres parecía tener un dolor aunque no se quejaba —le dijo un mozo—. Los otros tuvieron que sostenerle.

—¿Era un hombre alto, de ojos azules y pelo negro? —preguntó Grant.

—Sí, señor, ojos azules y pelo negro. ¡Cosa rara! ¿verdad? Y tenía las manos delicadas como las de un poeta o . . .

—Como las de un médico —interrumpió Grant— un médico muy bueno.

—Los otros tuvieron que sostenerle —repitió el mozo.

Grant se puso serio, pero al reunirse con Carlota sonrió para que no se manifestara el temor que sentía. Le dijo simplemente que alguien había visto a Pablo González. De eso no había duda.

—¡De modo que estará aquí! —exclamó Carlota—. Estará aquí en Arequipa, pero, ¿cómo vamos a dar con él?

—Primero, vamos a estudiar el caso y luego a hacer algunas preguntas —contestó Grant.

Al entrar en la ciudad Carlota dijo en voz baja:

—No debo pensar en él porque me vuelvo loca. ¿Quiere Vd. que le diga algo de Arequipa, señor Grant? También me ha contado mi primo la historia de Arequipa. Según un cuento que él me refirió, los soldados del Inca hicieron alto aquí después de vencer a los habitantes de las provincias secas cerca de la costa. El agua, los árboles, las flores y los frutos de esta región representaban para ellos un encanto tan grande que le rogaron al Inca les permitiera quedarse.[59] Éste respondió: "Arequipa," que en la suave lengua de los incas quiere decir "Quedaos."[60]

—No me cuesta trabajo creer eso —dijo Grant—. Arequipa me parece una de las ciudades más hermosas del mundo. Mire Vd. esas casas de piedra blanca, con sus flores y sus fuentes. ("En alguna de esas casas Pablo González estará esperándonos," pensaba Grant, y sabía que Carlota Torres tenía el mismo pensamiento.)

¿Dónde empezar? El problema no era sencillo.

26

Dos horas después el hambre les obligó a buscar donde comer. Cuando al cabo se hallaron sentados a una mesita, Carlota dijo tristemente:

—Me era fácil tener confianza al salir de Lima, mas ahora . . .

—El hambre es gran enemiga del espíritu —respondió Grant, sonriendo—. Cuando Vd. haya comido, el problema le parecerá muy diferente.

—Lo que no puedo resistir es esto de andar tan cerca de Pablo y no saber dónde está . . . este mal trato de la suerte . . . apenas puedo sufrirlo —dijo Carlota, con los ojos llenos de pasión.

Estaban comiendo en el jardín de la Quinta Bates.[61] La mesita a que estaban sentados se hallaba en el centro del jardín a la sombra de un árbol, y alrededor de ellos había mucha gente comiendo, bebiendo y riendo alegremente.

—¡Qué encanto! —exclamó Grant—. Creo que Arequipa me va a gustar mucho.

Arequipa se encuentra a una altura de 7,550 pies,[62] en el camino que va desde Mollendo junto al mar hasta las altas montañas de los Andes. El extranjero que visite esta ciudad por primera vez con la intención de pasar aquí uno o dos días suele quedarse dos semanas y sale al fin mal de su grado.

—Dígame, señor Grant —dijo Carlota al cabo de un rato— ¿por qué llevan consigo a Pablo esos hombres en vez de . . . en vez de matarle?

—Creo —respondió Grant— que buscan algo. Piensan que Pablo puede decirles dónde está escondido.

—Pero, ¿qué buscarán?

—Su padre le ha contado a Vd. lo del retrato que robaron a mi criado, ¿no?

—Sí, señor.

—Pues bien, tengo motivos por creer que O'Higgins pensaba encontrar un mapa de las provincias de Arequipa y Cuzco que Pablo u otra persona hubiera escondido detrás del retrato.

—¿Por qué lo piensa Vd.? —preguntó Carlota asombrada.

—Porque aquella misma noche, es decir, la noche en que desapareció Pablo, un ladrón entró en mi casa y me robó un mapa de Arequipa. Me robó también un mapa que yo había trazado en una hoja de papel. Hacía mucho tiempo que yo pensaba visitar esta parte del país y por eso había señalado con lápiz en el mapa el viaje que iba a hacer. ¿Por qué me lo robó el ladrón?

—Tal vez por creer que Pablo sabía algo de esa línea en el mapa y . . .

—Y han llevado consigo a Pablo para asegurarse de que no los engañase.

—¿De qué punto parte la línea en el mapa? —preguntó Carlota.

—Del Cuzco.

—¡Del Cuzco. Se necesitan veinticuatro horas para ir de aquí al Cuzco! —exclamó Carlota—. Si han ido allá, se nos han adelantado un día entero. Debemos . . .

—Si han ido allá, sí —repitió Grant—, pero no lo sabemos, y hay que estar seguros antes de dejar a Arequipa.

—Claro.

Pasaron la tarde recorriendo la ciudad, haciendo preguntas en todas partes, sin sacar nada en limpio. Nadie había visto a los tres hombres.

El sol se había puesto y cerraba la noche. Ya no hacía calor sino frío. Las noches en Arequipa son frías en extremo, y Carlota daba diente con diente cuando al fin entraron en un hotel al final de la calle de Mercaderes. Allí tuvieron la suerte de tropezar con un mozo que había visto a O'Higgins, al desgraciado doctor González, y al otro.

—Estuve en la estación cuando subieron al tren. El tren sube por allá, señor —dijo el mozo, señalando con el dedo las altas montañas por encima de las cuales se veía el cielo oscuro e infinito número de estrellas.

Al volver la cara y mirar a Carlota, Grant vió que la bella muchacha tenía los ojos llenos de lágrimas.

—¡Anímate, Carlota! —exclamó. Y quedó sorprendido y un poco confuso al darse cuenta de que se había dirigido a ella de aquel modo—. Ese O'Higgins es capaz de hacer cualquier cosa. Me admira su arte —continuó rápidamente— pero dará un paso en falso tarde o temprano. Piensa que nos ha engañado saliendo de Lima en un aeroplano. Mientras tenga esa ilusión, tendremos esperanza de cogerle.

—Lo malo es que no podemos seguirle. No hay tren hasta mañana por la mañana.

—Pierda Vd. cuidado, señorita. Vamos a coger ese tren . . . y a ese tío O'Higgins también —prometió Grant.

27

Temprano por la mañana al día siguiente subían rápidamente por las montañas. Éstas se alzaban delante de ellos cada vez más altas.

Aquella mañana, mientras aguardaban el tren, Grant había propuesto que se pusiera un telegrama a cierto ilustre autor del Cuzco, amigo suyo.

—Mi amigo —había dicho a Carlota— es hombre de juicio y podría, acaso, ayudarnos. Podría acudir a las autoridades, y si O'Higgins está en el Cuzco, es posible que logren detenerle antes de llegar nosotros.

Pero Carlota no había convenido en ello.

—No, señor. Le aconsejo que no lo haga —había dicho—. Según parece, Pablo no quiere que nadie sepa que ha vuelto al Perú. Tendrá razones, razones políticas tal vez, para ocultarlo. Acuérdese de que no ha querido descubrirlo ni siquiera a mí. No sabemos todavía lo que ha sucedido y puede ser que la realidad resulte muy diferente de lo que nos figuramos—. Y añadió en tono resuelto —No, debemos esperar.

—Por lo visto Vd. se olvida de que Pablo me escribió una carta anunciándome su vuelta a Lima y pidiéndome que le enviara la caja.

—No lo olvido. Es que Pablo tenía confianza en Vd. Hace mucho tiempo que le conoce y sabe que puede contar con Vd. Además, le hacía falta la caja.

En el tren Carlota pasó largo rato en silencio. Grant no quiso tampoco seguir la conversación. Sacó un libro y se puso a leer. El tren iba subiendo rápidamente por los Andes. De pronto Grant empezó a sentir un dolor violento en los ojos y en los oídos. Era el soroche.[63] Durante media hora tuvo tan fuerte dolor de cabeza que apenas podía resistirlo. Al mirarle Carlota notó su condición e inmediatamente reconoció la causa.

—Ahora me toca a mí animarle a Vd., señor —dijo sonriendo—. Siento mucho que reciba mala impresión de las hermosas montañas de mi país. Dicen que el mal ajeno de pelo cuelga,[64] pero le aseguro que le acompaño en su dolor, aunque en menor grado, pues estoy acostumbrada a estas alturas.

—Lo peor es —respondió Grant— que no es posible encontrar remedio a este mal. Por eso me parece que sería más a propósito decir: "En mal de muerte no hay médico que acierte."[65]

—Pronto se sentirá mejor, señor Grant. El soroche no dura mucho.

Carlota tenía razón. Durante la noche se le quitaron los dolores por completo y al acercarse al Cuzco por la mañana se sentía perfectamente bien. Se sentía no sólo con salud sino también con valor para acabar el asunto de una vez.

Al bajar del tren Carlota cogió del brazo a Grant.

—¡Mire! ¿Ve Vd. aquel hombre alto que está apoyado en aquella caja junto a la estación?

—¿El que tiene un pan bajo el brazo?

—El mismo. ¡Qué tipo más raro!

—Me parece —dijo Grant— que he visto a ese tío en alguna parte . . . pero ¿dónde? ¿Quién será?

28

—Será un pobre que ha venido a la estación a buscar trabajo —dijo Carlota.

El hombre llevaba un viejo sombrero de alas anchas que parecía estar a punto de deshacerse, y tenía el traje roto en varias partes.

—Pues bien, —dijo Grant— si busca trabajo vamos a emplearle. Conviene hacerle algunas preguntas. Es posible que haya visto . . .

En esto Carlota dió un grito y otra vez cogió del brazo a Grant.

—¡Pablo . . . ! —gritó, como si algo la ahogara— ¡Allí arriba . . . en aquella ventana!

Carlota señalaba una de las ventanas de un hotel que se hallaba frente a la estación. Grant echó una mirada a la ventana indicada, donde apareció por un breve instante una cara blanca.

En esto, viendo que el del traje roto se marchaba, gritó:

—Espéreme, señor. Necesito hablarle un momento.

En vez de detenerse el hombre comenzó a correr calle abajo. Alrededor de la estación había varios muchachos y tres o cuatro mujeres. Éstas, al ver correr al desconocido, se echaron a reír. Lo que les hacía gracia era el movimiento de las anchas alas del viejo sombrero, movimiento semejante al de las alas de un pájaro grande.

—¡Allí arriba . . . en aquella ventana!

—¡Mira aquel tío! —exclamó una vieja—. Parece estar volando.

Grant no hizo caso de la risa de las mujeres. Se dirigió al hotel. Carlota ya había desaparecido por una puerta de la planta baja, pero la oía gritar: "Venga Vd. acá, señor Grant. Venga acá."

Grant entró en el hotel y subió rápidamente. Oyó cerrarse de golpe una puerta. Arriba en el corredor no había nadie. En cada lado del corredor había una serie de puertas cerradas, todas absolutamente iguales. Quiso abrir la primera y no pudo. Luego trató de abrir la segunda . . . la tercera . . . la cuarta, con igual resultado. La quinta se dejó abrir fácilmente.

Al entrar en el cuarto el corazón de Grant dió un salto. A sus pies estaba Carlota Torres, sin sentido y con un poco de sangre en la frente. Tiernamente Grant la levantó y la puso sobre la cama.

Carlota no tardó en abrir los ojos.

—O'Higgins —dijo en voz débil— O'Higgins . . . estaba aquí cuando yo entré . . .

La interrumpió la voz de un empleado del hotel que se había colocado en la puerta detrás de Grant sin hacer ningún ruido.

—El loco habrá hecho esto, señor. ¿Dónde estará?

—¿Está Vd. al servicio del hotel? —preguntó Grant.

—Sí, señor, hace siete años que sirvo aquí.

—Pues, ¿a qué loco se refiere Vd.?

—Me refiero al pobre señor que ocupa este cuarto. Dos amigos suyos, que al parecer le tienen gran afecto, me advirtieron que el soroche le había vuelto loco. Cosa rara, ¿verdad? Yo creía que era una locura fingida pero esto prueba . . .

—¿Cómo son los dos amigos? —preguntó Grant.

—Uno de ellos es alto y tiene la nariz muy larga. El otro es bajo y tiene el pelo muy rojo.

Carlota hacía esfuerzos por levantarse.

—Por esa puerta —dijo— los dos cuartos se comunican.

Grant se arrojó contra la puerta indicada y ésta vino abajo con

Grant se arrojó contra la puerta . . .

gran ruido. En la cama estaba sentado un joven. Tenía la cara muy blanca como la de un enfermo y le temblaban las manos.

—¡Pablo! —dijo Grant— ¡Pablo . . . amigo mío!

Carlota corrió al joven y le abrazó estrechamente.

—¡Pablo, Pablo mío! —decía llorando mientras le besaba las manos con gran afecto.

Pablo González la miraba confuso, medio dormido. Se pasó la mano por la frente[66] y luego dijo:

—Carlota . . . Enrique . . .

Pero Grant ya había salido del cuarto. En la planta baja dió con el empleado. Éste le dijo que un hombre de pelo rojo había salido del hotel poco antes. Nadie sabía para dónde había ido.

29

A pesar de los esfuerzos que Pablo González hacía para mantenerse despierto, se le cerraban los ojos.[67] Sin embargo, cuando Grant volvió a entrar en el cuarto, Pablo estaba bebiendo un vaso de agua.

—En Arequipa ese maldito O'Higgins debió de meterme algo en el vino con el propósito de causarme un sueño profundo. Yo no sabía que estaba en el Cuzco hasta hace media hora.

Dos horas después los tres estaban sentados a una mesa en la planta baja del hotel. Pablo se sentía mucho mejor, pero no deseaba comer nada.

—¿Por qué acompañabas a O'Higgins, Pablo? —preguntó Carlota—. ¿Qué quiere decir esto?

González miró a Grant y dijo sonriendo:

—Siento mucho haberte causado tanta molestia, Enrique, y a ti tantas penas —añadió, dirigiéndose a Carlota.

—En cuanto a mí —contestó Grant— lo único que siento es no haberte encontrado más pronto.

—Antes de ir a la América del Norte en el mes de enero —dijo

Pablo lentamente— encontré una carta entre los efectos de mi padre. Mi padre murió hace varios años, pero aquella carta se hallaba en una caja que yo nunca había abierto. La carta era de mi tío Antonio. Éste se había ido a los Estados Unidos donde había logrado constituir una empresa importante. Tenía fama de rico, pero no sabíamos la fuente de sus grandes riquezas. Leí la carta varias veces sin poder entenderla. Al parecer, trataba de los géneros que compraba y vendía mi tío, tales como sal, azúcar, vino, aceite, etc. Cada artículo llevaba indicado el precio.

—Pero tu tío no era hombre de negocios sino artista —interrumpió Carlota—. Pintaba muy bien. Además, tenía la costumbre de corresponder a los favores de sus amigos comprándoles objetos de arte. Una vez me invitó a ver sus cuadros y volví a casa con un precioso vaso francés.

—Tienes razón, querida. Precisamente por eso me vi obligado a estudiar la carta con mucho cuidado. Al cabo vine a concluir que mi tío al componerla quería comunicarle a mi padre un secreto, y teniendo en cuenta todas las circunstancias no cabía duda. Sabíamos que durante su juventud mi padre y mi tío Antonio habían trabajado varios años en las montañas. Al mismo tiempo habían buscado allá cierta cantidad de oro, cuya existencia se ha considerado posible desde los tiempos de Francisco Pizarro.

—Te refieres al oro de los incas, ¿verdad? —dijo sonriendo Grant.

—Tú te sonríes, Enrique, porque eres norteamericano, pero nosotros los peruanos sabemos que estas montañas guardan muchos secretos de la época incaica. Y, en efecto, varios hombres de tu propio país han aspirado a la posesión de ese oro.

—No lo dudo. En todas partes hay hombres que viven de ilusiones, así como hay otros que viven de intereses, quiero decir los intereses que producen sus acciones. Éstos buscan la dicha por medio del dinero y rara vez consiguen hacerse dichosos; aquéllos, que generalmente no aspiran a los bienes ajenos, algunas veces adquieren gloria, pero no riqueza. En cambio, los que se aplican a su trabajo son felices. La felicidad consiste en la vida moral, en el trabajo, en . . .

—¡Hombre, atiende! Déjame concluir —dijo González interrumpiéndole—. Pues yo continuaba estudiando la carta. Al parecer no contenía nada de interés especial, pero me parecía extraño que mi tío repitiera tantas veces palabras como sal, azúcar, pan, vino y aceite. En suma, después de largo estudio, logré comprender el verdadero sentido de la carta.

30

Pablo González guardó silencio un rato, la cabeza apoyada en las manos. Lo de la carta le había traído a la memoria cosas muy tristes.

—Cuando al fin comprendí el verdadero sentido de la carta —continuó— quedé asombrado. Mi tío Antonio se creía a punto de morir y quería confesarle algo a mi padre. La verdad es que mi tío había encontrado el oro, o por lo menos parte de él, y no había entregado a mi padre la mitad que le correspondía, según lo convenido. Antes por el contrario, había dejado la mitad que a mi padre le tocaba allá en las montañas y había vendido la otra mitad en los Estados Unidos, recibiendo por ella una suma considerable en dinero americano. Ahora creyendo que estaba a punto de morir, se hizo cargo de que su alma no era digna del cielo. Confesó su pecado a mi padre, diciéndole que años antes, al pintar el retrato de mi madre, había escondido un mapa en el cuadro. En el mapa había señalado el lugar donde estaba escondido el oro. Si mi padre se sirviera del mapa del modo indicado en la carta, lo encontraría . . . en alguna parte de la provincia de Cuzco a poca distancia de la ciudad del Cuzco. En cuanto supe lo que decía la carta, saqué de su cuadro el retrato de mi madre. La pena que sentí al ver que el mapa había desaparecido podrá imaginarse fácilmente. También había desaparecido un pedazo de papel en el cual yo había escrito todos los secretos de la carta de mi tío.

—Y aquí sale a la escena O'Higgins. Hace mucho que le esperamos —dijo Carlota.

Pablo se rió por primera vez.

—No, bien de mi vida, O'Higgins ha estado con nosotros desde el principio. El caso es que O'Higgins es un enemigo político mío; mejor dicho, lo son ciertos individuos a quienes sirve. Entre ellos figuran el ministro de la guerra, hombre de escasa inteligencia, y el ministro de hacienda. Éste, en virtud de su autoridad como oficial del gobierno ha nombrado para puestos importantes a diversos amigos suyos para que roben al público. Al parecer es muy religioso y la gente le toma por un santo, pero yo sé que es más ladrón que Caco.[68] O'Higgins tiene más artes que el mismo diablo y por eso le ha sido muy útil en varias ocasiones. Dos días antes de encontrar la carta, entró a mi servicio una nueva criada. A José (que entró al servicio de la familia el día que yo nací) no le gustó la muchacha. Me aconsejó que no aceptase sus servicios. Por desgracia no seguí los consejos de José. Demasiado tarde supe que O'Higgins era su amante y que ella estaba locamente enamorada de él. Ya habían desaparecido la carta, el pedazo de papel . . . y la muchacha. El retrato de mi madre no se habría salvado tampoco, si no te lo hubiera entregado a ti, Enrique.

—Y al día siguiente saliste para los Estados Unidos, ¿no? —dijo Grant.

—Sí. Y tuve la buena suerte de encontrar en Nueva York a mi tío Antonio. Vive todavía, pero no goza de buena salud. Tiene que guardar cama y dudo que vuelva a levantarse. Cuando le pregunté acerca de la carta, fingió no saber nada. Aunque mi tío no es un santo, le dió pena descubrir que su sobrino tenía conocimiento del asunto.

—¿De modo que ya no pensaba en salvar su alma? —preguntó Carlota.

—No le condenes, querida. Al fin me lo confesó todo. El mapa que había puesto en el cuadro era el único que existía, de modo que sin él sería imposible hallar el oro. Ahora falta decir lo que pasó la noche de mi llegada a Lima.

31

—Yo puedo decirte a ti lo que pasó aquella noche —dijo Grant—. Celebraste tu llegada a Lima permitiendo que O'Higgins te cogiera, después de matar a mi criado Manuel y de robarme el cuadro.

—¿Después de matar a Manuel? ¡Parece mentira!

—Sí que parece mentira, pero no lo es, y dentro de poco espero arreglarle la cuenta a ese tío —dijo resueltamente Grant.

—Ya sabía —respondió Pablo con sentimiento— que habían destruído el retrato, pero esto de Manuel... Perdóname, Enrique.

—¿Perdonarte? Tú no tienes culpa alguna, Pablo. Pero dime, ¿a O'Higgins le acompañaba otro, un hombre alto, vestido de negro?

—Sí, desde el principio. Al llegar al Cuzco, no sé con qué motivo, cambió de traje y se vistió de pobre.

—¡Ah! —exclamó Carlota—. Será el que vimos cerca de la estación, el que llevaba el sombrero de alas anchas.

—Y el que siguió a Manuel cuando el muchacho salió del café —añadió Grant—. Yo les debo algo a los dos . . . Y pienso pagárselo pronto.

—¿Por qué ibas con ellos, Pablo, y por qué han venido al Cuzco? —preguntó Carlota.

Pablo suspiró profundamente.

—En cuanto a lo primero, me llevaron consigo contra mi voluntad. Aquella noche y el día siguiente me tuvieron encerrado en un cuarto pequeño de una casa para mí desconocida. La segunda noche me llevaron a otra casa. Entonces me decidí a engañarlos y le hice creer a O'Higgins que sabía donde estaba el mapa. El mapa que ya no existe. Pero O'Higgins, al parecer, creía que ya lo tenía y, en efecto, me enseñó un mapa de la provincia de Arequipa. Entonces, para que no me quejara al juez, me obligó a acompañarle. Cuando los tres llegamos a Arequipa entramos en un café a comer. O'Higgins debió de echarme algo en el vino . . . algo muy fuerte porque me quedé profundamente dormido y no me desperté, como ya he dicho, hasta llegar al Cuzco.

—El mapa de Arequipa —dijo Grant— será el que me robó un ladrón la noche que tú desapareciste. Con la intención de hacer un viaje por esta región, yo había señalado con lápiz en el mapa algunos puntos de interés especial. O'Higgins sabía que me habías confiado a mí el cuidado del retrato. No encontraron el mapa en el cuadro y por eso creían que yo lo tendría entre mis propios efectos.

—Eso es —dijo González—. Y ahora no creo que nos cueste mucho trabajo hallarlos.

—¡Celebraré la ocasión! —exclamó Grant.

—Igualmente —dijo González—. Lo que siento más que nada es que me hayan destruído el único retrato de mi madre. Ese daño no puede repararse con todo el oro del mundo.

—Es posible que el retrato no haya sido destruído completamente, Pablo. Ten paciencia, amigo mío.

—Pero ¿crees tú que volveré a verlo?

—Sí, creo que sí. Pero no pienses ahora en el retrato, sino en O'Higgins. Si te sientes con fuerzas para un viaje, nos pondremos en camino mañana por la mañana. El mapa que O'Higgins tiene en la mano lo tengo yo bien impreso en la memoria y esos tíos no sabrán que los seguimos.

—Pues yo me siento con fuerzas para seguir a ese perro de mala raza desde aquí hasta la luna —respondió González.

32

El Cuzco, antigua capital de la nación incaica, ha quedado como imagen eterna del pasado. Al conquistar una nueva provincia, los incas solían traer de ella a la plaza principal de la ciudad una cantidad de tierra. Así la capital llegó a ser el corazón de la nación entera. En el Cuzco hay grandes casas que pertenecen a los tiempos de Francisco Pizarro, donde vivían ilustres familias españolas. Aquí hay también ruinas de inmensas casas de piedra que pertenecen a una época aun más antigua que la de los príncipes incaicos.

Temprano por la mañana Henry Grant y Pablo González

subieron a un monte y allí quedaron un rato contemplando la ciudad y sus alrededores. Las casas se veían limpias y blancas bajo el sol brillante de la mañana. Al lado de la montaña inmediata, de color casi rojo, se veían pequeños campos verdes. A lo lejos se alzaban contra el cielo azul montañas muy altas, cuyos picos parecían inmensos dientes blancos. La hermosura de aquella vista era extraordinaria.

—¡Ciudad eterna! —exclamó González.

—Así parece —dijo Grant—. Aquí lo antiguo y lo moderno se mezclan de una manera muy interesante. Pero ya es hora de pensar en otra cosa. Bajemos.

El día anterior por la tarde habían comprado ropa y todo lo necesario para un viaje a las montañas. Delante del hotel había dos hermosas llamas[69] (en las montañas muy altas el caballo no sirve para nada). Un indio[70] llamado Inambari ya las tenía cargadas.

—Tú te quedas en el hotel, Carlota. Esto de subir a las montañas va a ser un poco difícil —dijo González.

—¿Yo, quedarme en el hotel? Pues no, señor, voy contigo —declaró resueltamente la muchacha—. A lo mejor tú te dejas coger otra vez. Además quiero que Inambari me enseñe de camino algunas palabras de su lengua.

—Le advierto, señorita, que el quichua es bastante difícil, sobre todo los verbos —dijo el indio.

—Bien puede ser, pero yo aprendo fácilmente. Ya lo verá usted.

Carlota e Inambari iban delante seguidos de los dos animales. Hablaban constantemente, ella repitiendo muchas veces las palabras y frases quichuas que pronunciaba el indio. Éste era un joven muy inteligente. A la edad de once años, cuando su padre le trajo

—¡Ciudad eterna! —exclamó González.

al Cuzco para que asistiera a la escuela, no hablaba más que el quichua. No sabía ni una letra del español. Ahora hablaba perfectamente el castellano, y además sabía leerlo y escribirlo.[71]

—¿Qué vamos a hacer? —preguntó González aparte a Grant—. Cuando una mujer del genio de Carlota se empeña en hacer cualquiera cosa . . .

—Déjala en mis manos —respondió Grant.

Le habló en tono muy grave de lo imposible que sería llevar a cabo la empresa llevando consigo a una mujer. También le hizo ver el peligro que correría allá en las montañas. Al final de la conversación, que duró más de quince minutos, Carlota quedó convencida. No pudo menos de admitir la justicia y el sentido común de lo que le había dicho Grant, y mal de su grado volvió al hotel.

Media hora después de dejar atrás el Cuzco, encontraron unas llamas cargadas de toda especie de géneros para la ciudad.

—¡Esto sí que es mezclar lo antiguo y lo moderno! —exclamó Grant—. Por un lado de la ciudad entran los géneros en un tren moderno y por el lado opuesto entran del modo más antiguo que se conoce.

—Tienes razón, Enrique. Y nuestro enemigo O'Higgins se ha valido hasta aquí de los medios más modernos para burlarse de nosotros.

—Sí, hasta aquí. Pero de aquí en adelante no tendrá más que los pies . . . y sus artes.

—No olvides que esos tíos nos llevan un día entero —dijo Pablo.

—Inambari, un poco más ligero. Hay que andar a toda prisa —dijo Grant dirigiéndose al indio.

—Como Vd. quiera, señor —respondió éste.

33

Hay que tener buena vista y hondo conocimiento del país para atravesar los Andes del Perú. Antes de emplear a Inambari, Grant le había enseñado un mapa hecho poco antes en el hotel. En el mapa había una línea que iba del Cuzco hasta un punto en las montañas. Inambari seguía esta línea; es decir, la seguía lo mejor que podía. Esto era un poco difícil porque tenían que cambiar de dirección a menudo.

De noche dormían bajo las estrellas, al aire libre, y a pesar del frío dormían bien. De día subían y bajaban constantemente, parándose sólo de vez en cuando para que descansaran las llamas. Cuando se encontraban en las alturas a la hora de comer, siempre procuraban colocarse detrás de algún objeto natural que les defendiera de los crueles vientos.

Por la mañana del tercer día hicieron alto en un pequeño pueblo compuesto enteramente de indios. Inambari les habló en quichua, preguntándoles si había pasado por allí un hombre de pelo rojo. En vano repetía la pregunta; era tiempo perdido. Por la tarde encontraron otros dos indios pero ninguno de los dos había visto a O'Higgins.

Grant se dió cuenta de que Pablo iba perdiendo fe, y él mismo no estaba lejos de concluir que se habían puesto en camino sin considerar bien el caso. A las cuatro de la tarde se pararon a descansar un rato al pie de un monte.

—Me parece que no hemos acertado —dijo Pablo—. Quizás debamos volver al Cuzco.

Inambari hablaba con un indio que trabajaba en un pequeño campo a corta distancia de ellos.

Inambari les habló en quichua . . .

—Mira —dijo Grant—. Parecen hermanos.

—En efecto. Tienen el mismo corte de cara, la misma expresión, los trajes muy semejantes; en fin, son casi iguales.

De pronto Inambari se puso muy agitado. Dió un salto y vino corriendo.

—Han pasado por aquí... hace poco más de una hora... Las señales que voy siguiendo han sido hechas por sus animales. Si tenemos suerte, los alcanzamos antes de la caída de la tarde.

—¡Al fin! —exclamó González.

—A ver si se nos escapan esta vez —dijo Grant, echando fuego por los ojos.

Empezaron a subir de nuevo, andando a toda prisa para aprovechar las pocas horas de luz. No se detuvieron siquiera para comer. Ya había salido la luna cuando se decidieron a dejar las llamas entre unos árboles. Poco después Inambari volvió la cara, y señalando con el dedo dijo:

—Miren Vds. Están preparando la comida.

Mucho más arriba se veía, al través de los árboles, la luz de un pequeño fuego.

—Ahora bien —dijo Grant—. Vamos a proceder con mucho cuidado. No hay prisa, porque esos tíos pensarán pasar allí la noche.

Subieron en silencio durante unos veinte minutos al cabo de los cuales se encontraron en un espacio llano, una especie de mesa reducida. En el centro, sentados a la luz del fuego, había tres hombres. A la izquierda estaba O'Higgins y al lado opuesto su amigo de los ojos pequeños. El tercero era un indio. Ya habían terminado de comer.

Grant, González e Inambari se quedaron en las sombras esperando a que se durmieran los tres.[72] El indio tardó mucho en dormirse.

—¡Ahora! —dijo Grant, en voz baja—. Yo me encargo de arreglar la cuenta a O'Higgins. A ti, Pablo, te toca su compañero. Inambari . . .

—Ya sé lo que debo hacer —interrumpió el indio. Conozco perfectamente este sitio. A unos treinta pasos más allá del fuego hay un abismo hondísimo. Cuidado con no caer.

Los tres comenzaron a arrastrarse lentamente hacia el grupo dormido. Estaban ya muy cerca cuando O'Higgins levantó la cabeza. Dió un grito y, de un salto, los otros se pusieron en pie.

34

Grant se arrojó sobre O'Higgins antes de que éste pudiera coger el arma que tenía a su lado. Estrechamente abrazados daban vueltas en el suelo de un lado para otro. De pronto O'Higgins consiguió separarse de Grant y ponerse en pie. Quedaron mirándose cara a cara a la luz del fuego. Alrededor de ellos se oían gritos y golpes.

Grant se hizo cargo de que estaba a pocos pasos del hondo abismo negro. Al coger otra vez a su enemigo sintió en el cuello unos fuertes dedos que trataban de ahogarle. Se dió cuenta de que iban acercándose poco a poco al límite de la mesa de piedra, hacia el terrible espacio negro. Haciendo un esfuerzo supremo, Grant consiguió sacar el cuello de entre los dedos de O'Higgins.

—Ahora, maldito, ¿quieres confesar que mataste a mi criado? —dijo Grant.

—Los pecados que yo haya cometido no los confieso a nadie, señor Grant. Usted, como buen cristiano, sí que debe confesarse

. . . *y desapareció en la oscuridad.*

... ante el cura, porque pronto va a morir —dijo O'Higgins, riendo como un loco.

La risa no duró mucho. La interrumpió un fuerte golpe de la mano derecha de Grant. O'Higgins dió un paso atrás ... y desapareció en la oscuridad.

Se oyó un grito, lejano, medio ahogado ... y luego reinó el silencio.

Grant se volvió. El sujeto de los ojos pequeños estaba delante de Pablo González, las manos en alto y los ojos fijos en el arma con que el médico le amenazaba. Cerca de sus pies había un cuchillo con que había tratado de herir a González. Inambari ya tenía bien asegurado al indio, y se ocupaba en animar el fuego.

—¡Bien hecho, amigos! ¡Se acabó la comedia! —exclamó Grant—. Lo único que nos queda por hacer es llevar a este sujeto a Lima para que le condene el juez. Siento que no pueda acompañarle el señor O'Higgins.

—Sin embargo —dijo Inambari— le falta a la comedia el acto final. Quisiera estar presente cuando le traigan a ese tío ante el señor juez. Debe condenarle a muerte, porque tanta culpa tiene éste como aquel que está allí abajo hecho pedazos.

Inambari se tendió en el suelo junto al fuego y se durmió inmediatamente. Ni González ni Grant tenían[73] sueño; además, era preciso que alguien se mantuviera despierto para guardar a los presos. A medida que avanzaba la noche iba muriéndose el fuego y las sombras iban haciéndose más espesas. Las formas de los dos presos se veían cada vez menos distintas, sin que ni Grant ni González se fijaran en ello.[74] Mientras tanto, el indio había logrado soltarse las manos, y luego los pies.

Al romper el día, Inambari abrió los ojos y quedó asombrado

al ver que el indio se había escapado. Al parecer no había querido librar a su compañero. Éste no se había movido más de cuatro pies del sitio donde le habían dejado. Grant estaba medio dormido, la cabeza casi apoyada en el pecho, y González se había rendido al sueño.

—Señores —dijo Inambari tranquilamente— uno que hacía papel en la comedia se ha ido sin despedirse de nosotros.

Los dos dieron un salto.

—¡Buena la hemos hecho![75] —exclamó González.

—¡A maravilla . . . a las mil maravillas! —añadió Grant—. Pero hubiera podido ser mucho peor. Al menos no se ha ido el que hacía el papel más importante. Después de todo, más vale así. El pobre indio no sabría lo que hacía.

Inambari sonrió por primera vez. Le daba vergüenza pensar que un indio peruano hiciese tal papel.

—Estoy seguro de que Vd. tiene razón, señor Grant. En el fondo, será hombre de bien.

—No lo dudo —respondió Grant—. Ese perro de mala raza, ese maldito O'Higgins habría prometido pagarle bien, y . . . como dicen . . . poderoso caballero es don Dinero.[76] En suma, yo no creo tampoco que tenga mucha culpa.

35

Un ligero vapor blanco salía del hondo abismo, pero al levantarse el sol el vapor fué desapareciendo rápidamente. Grant no quería dejar la mesa de piedra hasta que los rayos del sol hubieran bajado a lo más hondo del abismo. Cuando al fin quedó bien iluminado, vió que era mucho más profundo de lo que se había imaginado. Los árboles se hallaban tan reducidos y mezclados por la distancia que el fondo parecía estar pintado de verde. No había señal alguna de O'Higgins.

—Señor Grant, —dijo Inambari— yo tengo la costumbre de comer por lo menos tres veces al día, (se lo digo a Vd. en confianza) y ya hace más de cuatro días que no como bien ni una. Tengo el estómago completamente vacío.

Grant rompió a reír.

—Basta, amigo. Harto bien le entiendo, y en cuanto lleguemos al lugar donde dejamos las llamas, puede comer todo cuanto quiera. Haga Vd. el favor de soltarle los pies a ése para que pueda andar.

El tercer día por la tarde volvieron a ver las blancas casas del Cuzco.

—Aunque pronto vas a reunirte con tu novia, me parece que andas un poco triste, amigo. ¿Qué te pasa? —dijo Grant a González.

—Pues nada. Pensaba en el retrato de mi madre. No puedo menos de sentir que me lo hayan destruído. Ese daño no puede repararse con todo el oro del mundo . . . Y el mapa, siento haberlo perdido.

—En cuanto al retrato, Pablo, no lo destruyeron completamente.

—¡Enrique! ¿qué quiere decir eso?

—Yo tengo el retrato. Está en casa, en la caja de hierro.

—¡A Dios gracias! —exclamó González.

—Lo echaron al fuego, pero no le falta más que la parte inferior, de modo que la cara de tu madre queda sin daño alguno.

Mientras caminaban hacia la ciudad, Grant le contó a su amigo todo lo que había pasado desde la noche en que desapareció éste.

Al decirle cómo había encerrado en el cuarto a O'Higgins y el perro, González se echó a reír.

—¿De modo que hallaste el retrato en aquella casa? Pero ¿cómo supiste que yo estaba allí? —preguntó González.

—Me ayudaba un detective, Pablo. En cuanto lleguemos a Lima voy a presentarte a Tomás Cano. Así se llama el detective que nos condujo, a Salinas y a mí, a aquella casa.

—Tendré mucho gusto en conocerle y en darle las gracias. Me ha hecho un favor que no puede pagarse sino con la amistad.

Grant también pensaba en el retrato. Trataba de recordar algo . . . algo que se le había ocurrido al encontrar el retrato medio destruído. De pronto exclamó:

—¡Ah! lo tengo . . . creo que lo tengo.

—¿Qué tienes, Enrique? —preguntó González.

—Te lo diré más tarde, cuando lleguemos a Lima.

Carlota, al verlos entrar en el hotel, se echó en brazos de su novio llorando de alegría.

—No llores, amor mío. Ya no hay cuidado —dijo González, besándole la frente.

Grant bajó a la calle, donde le esperaba Inambari. Conforme a lo convenido, le entregó cien soles para que pagase al dueño de las llamas.

—Y ahora, amigo mío, quiero darle a Vd. otros cien soles. Nos ha servido muy bien y se lo agradecemos muchísimo.

—Mil gracias, señor Grant, pero yo no puedo aceptarlos. Ocho días a cinco soles diarios son cuarenta. Era lo convenido y no acepto más. Yo soy hombre de bien y tengo conciencia. Además me he divertido mucho, y si me fuera sin dinero quedaría satisfecho.

—Como usted quiera, amigo. Y ahora, adiós. Tengo que ordenar mis asuntos para la vuelta a Lima. Pensamos tomar el tren de la mañana.

—No diga Vd. "adiós" sino "hasta luego," señor Grant. Iré a la estación mañana por la mañana a despedirles a Vds.

—Pues entonces, hasta luego, Inambari.

36

Y en efecto, cuando llegaron a la estación a las ocho de la mañana siguiente allí estaba Inambari. En la mano llevaba una caja muy bonita llena de frutas.

—Para la señorita —dijo inclinándose.

—¡Qué bonita! —exclamó Carlota—. Muchas gracias, Inambari. No le olvidaremos jamás.

Momentos después el tren arrancó de la estación y comenzó a bajar por las montañas con destino a Arequipa. No iba en el tren el compañero de O'Higgins. Grant y González ya le habían entregado a las autoridades del Cuzco.

Los tres amigos llegaron a Arequipa al día siguiente por la mañana. Poco tiempo después subieron a un aeroplano con destino a Lima. Grant había puesto un telegrama a Juan Salinas, de manera que, al bajar del aeroplano en el campo de aviación de Lima, no le sorprendió ver que los esperaban Salinas y Tomás Cano.

Apenas habían bajado cuando Tomás, dejando a Salinas, echó a correr hacia Grant, pero al ver a Carlota se detuvo, quitándose el sombrero.

—Ven acá Tomás. Quiero presentarte al doctor González —le dijo Grant, y luego dirigiéndose al médico añadió: —Pablo, este muchacho es el detective de quien te hablé hace dos días y a quien debes la libertad . . . y, tal vez, la vida.

—Celebro la ocasión de conocerte, Tomás, y de darte las gracias. ¿Quieres venir a mi casa mañana a las cuatro de la tarde? Necesito hablarte de ciertas cosas y . . .

—Pero señor doctor, yo no he hecho nada. Las gracias debe Vd. darlas al señor Grant.

—No, Tomás, —dijo Grant— sin tu ayuda dudo que hubiéramos encontrado al doctor González. Te aconsejo que vayas a verle mañana.

—Como Vd. quiera, señor Grant. Y ahora, si Vds. me lo permiten, vuelvo a la escuela.

—¿A la escuela? Pero yo creía que no te gustaba la escuela.

—Eso era cuando pensaba hacerme soldado —respondió Tomás.

—¿Y ahora?

—Ahora estudio. Para ser buen detective hay que saber muchas cosas, ¿no es verdad?

—Tienes razón, Tomás —dijo González—. Sigue estudiando. Es preciso que te prepares bien para la universidad. Pero de eso hablaremos mañana.

Mientras tanto Salinas hablaba con Carlota.

—Como era de esperar[77] —le dijo— sus padres de Vd. no estaban lejos de volverse locos, al saber que su hija había salido de Lima en un aeroplano. Yo les dije que Vd. no corría peligro alguno y que podría ayudar al señor Grant. Hablé con ellos largo rato y al fin quedaron tranquilos. Ellos no saben que Vds. han vuelto.

—Mil gracias, señor Salinas —dijo la muchacha, y luego, dirigiéndose a González, pidió que la llevase a casa inmediatamente.

—¡Un momento! —exclamó Grant—. Antes de poner término a este asunto, es preciso que vayan conmigo a mi casa. Y tú, Juanito, ¿quieres venir con nosotros?

. . . y tracé estas líneas para indicar los ríos.

—Naturalmente.

Poco después Salinas, Pablo y Carlota se hallaron sentados en el estudio de Grant. Éste, después de sacar algo de la caja de hierro, había entrado en otro cuarto. Tardó más de media hora en volver al estudio. Cuando al fin apareció tenía en una mano el retrato y en la otra una hoja de papel. Sonreía con triunfo.

—Tu tío Antonio —dijo, dirigiéndose a González— tenía más artes aún que O'Higgins. Mira.

Y puso un papel sobre la mesa.

—Es . . . es un mapa —dijo Carlota.— ¿Dónde lo halló Vd.?

—Acabo de hacerlo —respondió Grant—. Antes de dejar el Cuzco compré un mapa de la parte del Perú que hemos visitado. Sobre él puse este papel blanco y tracé estas líneas para indicar los ríos.

—¡Enrique! —gritó González, quien miraba el retrato de su madre— esas líneas son iguales a las de . . .

—Precisamente. Y ahora dame el retrato.

Grant puso el retrato en la mesa y sobre él la hoja de papel.

—Mira. Los ríos que he trazado corresponden perfectamente a las líneas de la rosa incompleta que tu madre lleva en el pelo.

—¡El mapa . . . la rosa misma es el mapa! —exclamó Juan Salinas.

—Aquí —dijo Grant, señalando las líneas— están los ríos Urubamba y Paucariambo; aquí los tres ríos pequeños que se unen para formar el Madre de Dios[78]; aquí tienen Vds. las montañas . . . todas ellas, claramente indicadas en la rosa pintada por Antonio. Aquí a la derecha en el centro de este espacio en blanco hay un punto de color, tan reducido que apenas puede verse.

—Será el punto donde Antonio tiene escondido el oro —dijo Carlota.

—¡Precisamente! —exclamó González dando un golpe en la mesa— y cuando el juez haya puesto término a las acciones de ese maldito compañero de O'Higgins, haremos otro viaje a las montañas.

Al salir de la catedral al día siguiente por la mañana, después de oír misa, Pablo le dijo a Carlota:

—Dime, reina mía, ¿cuándo nos casamos? ¡Que sea pronto!

—Sí, que sea pronto —respondió Carlota—. Hoy mismo hablaremos con mis padres y mañana iremos a ver al señor cura.

Notes

1. Lima is the capital of Peru, fourth both in size and in population among the ten independent nations of South America. Peru lies on the Pacific coast between Ecuador on the north and Chile on the south. The country has an area somewhat larger than that of Texas and California combined, and a population approximately the same as that of New York City. Its culture is the oldest in South America, dating from many centuries before the Spanish invasion. Lima has a population of 450,000.

2. The Plaza de Armas was the center about which the colonial city of Lima grew up in the days of the Conquistadores. The Governor's Palace extends across the entire north side of the Plaza, and the Cathedral of Lima is on the east. Francisco Pizarro, the conqueror of Peru, laid the first stone of the cathedral with his own hands the day the city of Lima was founded, January 18, 1535. A body, said to be that of Pizarro, lies in a glass case in the cathedral.

3. **Será ...** *I wonder if it is ...* The future and future perfect are often used in Spanish to express conjecture or probability. Watch for other examples.

4. **No valdrá un sol,** *It probably isn't worth a sol* A Peruvian *sol* had a value of about $.16 in 1941. There are 100 *centavos* in a *sol,* and ten *soles* make a pound. Prices are written: Lp. 1.8.25, that is, 1 (Peruvian) pound, 8 *soles,* 25 *centavos.*

5. **se hace pedazos,** *it will smash* (*break in pieces*) The present tense is often used instead of the future for vividness.

6. **Hacía ... atención,** *Had been awaiting my attention for many days*

7. **Hacía ... conocía,** *Grant had known her for several months*

8. **Sé ... vuelva,** *I know that you will want to see him as soon as he*

returns The subjunctive is used in adverb clauses to express a future event or state.

9. **quizás podamos reunirnos,** *perhaps we may be able to get together* The subjunctive may be used after any expression of doubt.

10. **vió salir . . . hombres,** *he saw two men come out of a narrow street* A dependent infinitive is usually placed immediately after a verb of sense perception (to see, to hear, etc.).

11. **Debió de olvidarlo,** *He must have forgotten it* **Deber de** followed by an infinitive expresses probability.

12. **Dime . . . sepas,** *Tell me all that you know* The subjunctive is used in adjective (relative) clauses to indicate that the antecedent is indefinite or nonexistent.

13. **hace . . . meses,** *more than three months ago*

14. **sería,** *it probably was* The conditional and conditional perfect are used to express probability or conjecture with reference to past time.

15. **Hace . . . vive,** *For several years now the latter has been living*

16. **no lo era,** *was not* The neuter **lo** (not translated) refers to a preceding word or phrase. Here it refers to **de poco valor.**

17. **Quedóse = Se quedó** For stylistic effect the object pronoun may be attached to any simple tense form, provided the verb stands at the beginning of the sentence.

18. Arequipa and Cuzco are two "departments" of Peru. Politically the country is divided into twenty-one departments and two littoral provinces. Each of the departments contains a number of political subdivisions or provinces, corresponding roughly to counties in one of our states.

19. Lima is some twelve degrees south of the equator. Since it is in the southern hemisphere, its seasons are the reverse of those in the United States. When it is summer here, it is winter there, and vice versa. The contrasts are not as extreme as those to which most of us are accustomed, however. Palm trees and other semitropical plants abound in Lima.

20. In the sixteenth century the Spanish Conquistadores built magnificent houses for themselves in Lima. A great many of these still remain and give the city an air of architectural elegance.

21. **Siento mucho haberle dicho,** *I regret very much having told her* The infinitive follows an expression of desire or emotion when its subject

is the same as that of the main verb. Otherwise, the dependent verb is subjunctive. Cf. page 24, line 14: **quería que siguiese creyéndolo,** *he wished her to keep on believing it.*

22. **quiso ocultar,** *tried to hide*

23. **cree . . . encontrara,** *do you believe that Doctor González met* The subjunctive is generally used in a dependent clause after **creer** when the sentence is interrogative or negative.

24. **Es posible que . . . hubiese escondido,** *It is possible that Doctor González . . . had hidden* The subjunctive is used in dependent noun clauses after impersonal expressions that indicate uncertainty in the mind of the speaker.

25. **como si . . . encima,** *as if they had removed from her* Clauses introduced by **como si** take the imperfect or past perfect subjunctive.

26. **Mucho mejor . . . sepa,** *It is much better that my daughter not know it* The subjunctive is used in dependent clauses after certain impersonal expressions implying opinion or necessity.

27. **Que tenga buena suerte,** *May you have good luck* This is a dependent noun clause, the object of some verb, understood, such as **espero.**

28. **Le ruego . . . cuidado,** *I beg you to proceed with great caution* The subjunctive is used in dependent noun clauses after expressions of request or demand.

29. **Los había,** *There were some* The pronoun **los** is used to avoid repetition of the preceding noun (**niños**). The same thing is done in English by the use of a word like *some* or *any.*

30. **El que me traiga,** *The one who brings me* See note 12.

31. **Que el diablo me lleve,** *May the devil take me* See note 27.

32. **lo que me hago,** *what I'm doing*

33. **lo mismo . . . Salinas,** *both to Grant and to Salinas*

34. **Cuando . . . algo,** *When a soldier is ordered to do something*

35. **como quieras,** *as you (may) wish*

36. **mientras le queden,** *while he has* The subjunctive is required after certain conjunctions when uncertainty is implied.

37. **propongo . . . izquierda,** *I propose that you go to the left* The subjunctive is used in dependent noun clauses after any expression of proposal, suggestion, or advice.

38. **Si me descubren . . . matan,** *If they discover me, they will take me for a thief and kill me* The present tense is often used for the future to make the statement more vivid.

39. **¡Déjese de eso!** *Stop that!*

40. **para que acuda su amigo,** *in order that your friend may come to the rescue* The subjunctive is used in adverb clauses to express purpose.

41. Bernardo O'Higgins (1776–1842) was the son of Ambrosio O'Higgins, Irish Governor of Chile from 1788 to 1796. Bernardo O'Higgins served under José de San Martín in the liberation of Chile (1818). He was dictator of Chile from 1817 to 1823, when he retired to an estate in Peru. Grant's amusement is similar to that which we in the United States might feel if someone announced, "My name is Christopher Columbus."

42. Alfonso (*the Wise*), king of Castile and León (1252–1284), though unsuccessful as an administrator, was responsible for making his kingdom the center of artistic and intellectual activity. Under his guidance were compiled such famous works as the *Cantigas de Santa María* (a collection of some four hundred poems written in Galician, some of which are attributed to Alfonso himself), *Las Siete Partidas* (a codification of the laws of Castile), and *La Crónica General* (a history of the world, beginning with the deluge and ending with the reign of his father, Fernando III).

43. **ese tío . . . todas,** *that guy is going to pay me for everything*

44. **Sin duda . . . piedra,** *Doubtless I would have caught it if I had not stumbled over a stone* An *if*-clause expressing uncertainty or a condition contrary to fact requires the imperfect or past perfect subjunctive. The result clause takes the conditional or conditional perfect.

45. **antes que llegase el coche,** *before the car arrived* The conjunction **antes (de) que** is always followed by the subjunctive.

46. Callao, the seaport of Lima, is a suburb several miles west of the city. Its harbor is one of the best on the entire Pacific coast of South America. Callao and Lima are connected by two railways and an electric interurban line as well as by long straight avenues.

47. **No había nada . . . las demás,** *There was nothing to distinguish it from the others* See note 12.

48. **Deje Vd. que . . . individuo,** *Let me get my hands on that fellow*

49. **impidió . . . cerrase,** *prevented the door from closing* The subjunctive is used in dependent noun clauses after verbs meaning to prevent or prohibit.

50. **¡Dios le bendiga!** *May God bless you!*

51. **de que pudiera valerse O'Higgins,** *that O'Higgins might make use of*

52. The main part of Lima is on the left bank of the river Rimac, which empties into the Pacific some eight miles to the west. The right bank of the river rises to the height of the Cerro de San Cristóval (Saint Christopher's Hill) back of the bull ring. There are three bridges across the Rimac in Lima. Ancón is a Peruvian port, a few miles north of Callao.

53. The Cordillera, or range of mountains, which stretches some 4,500 miles along the western coast of South America, is divided into the Colombian Andes, the Peruvian Andes, the Chilean Andes, and the Patagonian Andes. Earthquakes are frequent along the whole chain. The highest peak of the Andes is Aconcagua in Chile (23,094 feet).

54. Along the Pacific, a strip of Peru about thirty miles wide is barren desert which produces nothing except where rivers, flowing down from the Andes, cross it and make fertile strips. The Andean slopes, both east and west, are well watered and fertile. On the east, the mountains shelve down into the fringes of the dense Amazon jungle.

55. The University of San Marcos is the oldest in the Western World. It was founded in 1551, sixteen years after the establishment of Lima. Harvard University, oldest in the United States, was not founded until 1636.

56. From the archaeological excavation of Cabeza Larga some of the most valuable ancient remains in South America have been taken. The famous Paracas textile, for example, shows the amazing skill in weaving which developed under the Incas. This cloth contains 250 threads to the inch, while some of the finest silks today have no more than 175 threads to the inch.

57. The Incas, or "people of the sun," were the conquering chieftains under whom the various tribes of Indians were organized into a single empire some hundreds of years before the Spanish Conquistadores arrived

in Peru. Life under the Incas was highly civilized. As architects, engineers, workers in stone, and tillers of the soil, their people surpassed the European conquerors. The last Inca, Atahualpa, was strangled by order of Pizarro in 1533, two years before Pizarro founded Lima.

58. **sin dejar . . . indique,** *without leaving some sign that will indicate to us* See note 12.

59. **le rogaron al Inca . . . quedarse,** *they begged the Inca to allow them to remain* The conjunction **que** is often omitted after **rogar** and similar verbs meaning *to beg, implore.*

60. **Quedaos,** *Stay* The imperative plural, **quedad,** drops the final **-d** when the reflexive pronoun is added.

61. The Quinta Bates is one of the most famous inns in South America. Mrs. Bates, who manages it, is a native of New Hampshire and has lived most of her life in Peru. Her hospitality is known to all North American travelers.

62. Denver, the highest sizable city in the United States, is exactly a mile above sea level. Arequipa is thus nearly a half-mile higher than Denver. Yet Arequipa is spoken of in Peru as merely a "landing" on the ascent from the sea to the cities in the mountains.

63. The *soroche* is a form of mountain sickness from which many travelers in the Andes suffer. It is, of course, due to the tremendous altitude and the rapidity of the ascent. The Southern Railway train in which Grant and Carlota are riding crosses one pass at an elevation of 14,666 feet. This railway *pass* is 200 feet higher than the highest *peak* in the United States.

64. **el mal ajeno de pelo cuelga,** *other people's ills give us little concern* (literally, *hang by a hair*)

65. **"En mal de muerte no hay médico que acierte,"** *There are ills for which it is impossible to find a remedy*

66. **Se pasó . . . frente,** *He passed his hand across his forehead*

67. **se le cerraban los ojos,** *his eyes kept closing*

68. Cacus was a huge giant who had a cave on Mount Aventine (one of the seven hills of Rome). He lived by plundering the surrounding country. One day, when Hercules had fallen asleep while driving home

the cattle of Geryon, Cacus stole part of the herd. He dragged the cattle backwards by their tails, that their footprints might seem to indicate that they had gone in the opposite direction. Though Hercules was deceived by the footprints at first, he soon discovered the theft, for, as the rest of the herd passed the cave, those inside began to low. Cacus was then strangled by Hercules. Vergil, in the eighth book of the *Aeneid,* gives us an account of the struggle between these two giants.

69. The llama is related to the camel, both being distinguished by the cushionlike pads which form the soles of their feet. The llama looks like a small camel without a hump. It is native to Peru and used widely as beast of burden in the Andean uplands, where its stamina and surefootedness are highly valued traits.

70. About 60 per cent of the population of Peru is true Indian. The white descendants of the original Spanish number only about ten per cent. The remaining third are *mestizos,* or persons whose ancestors represent both Old and New World cultures.

71. Inambari's knowledge of Castilian is unusual, since relatively few Peruvian Indians speak Spanish.

72. **esperando . . . los tres,** *waiting for the three to fall asleep*

73. **tenían** With **ni . . . ni** the verb is generally plural in Spanish.

74. **sin que . . . ello,** *without Grant's or González's noticing it* The subjunctive is required in a clause of negative result introduced by **sin que.**

75. **¡Buena la hemos hecho!** *A fine mess we have made of it!*

76. **poderoso . . . Dinero,** *a powerful gentleman is Don Dinero* Grant's words form the opening lines and oft-repeated refrain of a *letrilla* (rondelet) by the Spanish poet Francisco Gómez de Quevedo y Villegas (1580–1645).

77. **Como era de esperar,** *As was to be expected*

78. The river Madre de Dios rises high in the Peruvian Andes and flows into Bolivia, where it joins the Río Madeira. The Río Madeira in turn empties into the Amazon. Thus the waters of the Madre de Dios, which start within 300 miles of the Pacific, finally reach the Atlantic Ocean after a course of more than 2,000 miles. The Amazon itself is nearly 3,000 miles in length. A river this long in the United States, and

flowing in the same direction as the Amazon, might rise in Wyoming and empty into the Atlantic beyond Washington, D.C. The combined Mississippi and Missouri, however, make a water course nearly a thousand miles longer than the Amazon.

Exercises

1

A. *Memorize.*

acabar de (+*inf.*) to have just
al atravesar on crossing
a través de across
darse prisa to hurry
en casa at home, indoors
en ninguna parte nowhere, anywhere
en voz alta aloud
hacer(se) pedazos to smash
hacia atrás backwards
por lo menos at least
sin embargo nevertheless, however
tener tres pies de largo (ancho) to be three feet long (wide)

B. *Review all tenses of the following irregular verbs.*

dar	**estar**	**salir**
decir	**haber**	**ser**
detener	**hacer**	**valer**

C. *Translate.*

1. The cathedral clock has just struck seven. 2. Nevertheless, the city is already enveloped in the shadows of the night. 3. Black clouds are racing across the sky. 4. It is such an ugly night that even the dogs stay indoors. 5. Emmanuel is carrying a box under his arm. 6. Although it is a large box, it doesn't weigh much. 7. It probably isn't of great value. 8. Emmanuel has promised to deliver it to Pablo González. 9. "If I don't hurry," says Emmanuel in a low voice, "Mr. González will not be at home." 10. The street is not very well lighted. 11. Emmanuel looks back (casts a glance backward) and exclaims: "My, what a night!" 12. The

wind threatens to tear the box from him. 13. If it gets away from him, it will smash. 14. In that café on the other side of the street he would be able to drink a glass of wine. 15. But Emmanuel doesn't dare to stop anywhere.

2

A. *Memorize.*

a la vez at the same time
al fin finally
al fondo at the rear
buenas noches good evening (night)
con cuidado carefully
darse cuenta de to realize
de vez en cuando from time to time
disponerse (a) to prepare, get ready
entrar en el café to enter the café
estar a punto de to be about to
no hacer caso a (de) to pay no attention to
otra vez again
pensar en to think of
por fin at last
volver a hablar to speak again

B. *Review all tenses.*

IRREGULAR	RADICAL-CHANGING
caer	**sentar (ie)**
oír	**extender (ie)**
poner	**encontrar (ue)**
traer	**mover (ue)**
	repetir (i)

Under each of the above radical-changing verbs list all those of the same type found in chapters 1 and 2.

C. *Translate.*

1. Emmanuel was preparing to leave, when two strangers entered the café. 2. He greeted them amiably, saying: "Good evening, gentlemen." 3. They paid no attention to Emmanuel. 4. They sat down at the rear of

the café and began to talk. 5. They were not speaking Spanish, but a foreign tongue. 6. Emmanuel listened carefully, but he didn't understand more than four words. 7. One of the strangers had very small eyes. 8. He opened and closed them rapidly while he talked, moving his long fingers at the same time. 9. From time to time the short man ordered wine. 10. The proprietor didn't realize that the man had already drunk too much. 11. Finally, the stranger said: "I don't like this wine." 12. Then he hurled the glass into the air. 13. The glass fell to the floor and smashed. 14. The proprietor didn't say anything, but he felt gravely offended. 15. Emmanuel was about to leave, but on hearing the noise he sat down again. 16. At last he picked up the box, paid for the wine, and went out into the street. 17. He was thinking about what he had seen in the café. 18. "Who can those men be?" he thought.

3

A. *Memorize.*

a causa de because of
al cabo at last, finally
alegrarse (de) to be glad
alejarse to withdraw, go away
ancho de espaldas broad-shouldered
asomado a la puerta standing in the doorway
dejar caer to drop (*a thing*)
dirigirse a to go (make one's way) to; to address
en cuanto a as for
fijarse en to notice, take a good look at
gozar de la vida to enjoy life
llamar la atención to attract attention
persona de confianza reliable person
por eso therefore, for that reason
¡Qué noche! What a night!
tener que ir to have to go

B. *Review.*

IRREGULAR	ORTHOGRAPHIC-CHANGING	IRREGULAR PAST PARTICIPLES
conducir	**acercar (qu)**	(abrir) **abierto**
ir	**cruzar (c)**	(decir) **dicho**
querer	**dirigir (j)**	(escribir) **escrito**

EXERCISES

IRREGULAR	ORTHOGRAPHIC-CHANGING	IRREGULAR PAST PARTICIPLES
saber	**entregar (gu)**	(hacer) **hecho**
tener	**parecer (zc)**	(poner) **puesto**
ver		(reír) **reído**
		(ver) **visto**
		(volver) **vuelto**

C. *Translate.*

1. In the house on the other side of the street I see a man standing at the window. 2. I am taking a good look at him. 3. I wonder where I have seen (*future perfect*) him before. 4. He has red hair and a long nose. 5. The man is very short and broad-shouldered. 6. The telephone has rung, and I have to answer it. 7. Therefore, I withdraw from the window and go (make my way) to the desk. 8. "Who is calling?" I say. 9. It is my friend John, and this is what he tells me. 10. I delivered your letter to Mr. López at two o'clock. 11. I also paid for the books and the pencils. 12. I am glad to tell you that Mr. López is a reliable person. 13. He laughed when I told him that you had not dared to come. 14. As for the box, I do not recognize it. 15. I have been told (They have told me) that you will have to pay for it. 16. I don't hear you well because of the noise in this room. 17. My brother has just dropped a big stone. 18. He wants to attract my attention. What a boy!

4

A. *Memorize.*

a casa de los Torres to the Torres', to the home of the Torres
¿Cómo no? Why not?
de modo que so, so that
De nada Don't mention it (You are welcome)
el viernes on Friday
en cuanto as soon as
en el acto at once
en seguida immediately, at once
hacer frente a to face

haga el favor de decirle please tell him
la semana que viene next week
negarse a aceptar to refuse to accept
por regla general as a general rule
puesto que since (*causal*)
sí que la recuerdo indeed (certainly) I remember you
tal vez perhaps

B. *Commands. Review the irregular imperatives. Translate (a) as formal commands and (b) as familiar commands (singular and plural). Remember that all* negative *commands require the subjunctive (second person, if familiar).*

1. Tell it to me. Don't tell it to her. 2. Do it tomorrow. Don't do it now. 3. Go out with him. Don't go out with them. 4. Be good. Don't be bad. 5. Go away. Don't go away. 6. Put them (*f.*) on the desk. Don't put them on the floor. 7. Be careful. 8. Come immediately. Don't come tomorrow. 9. Get up. Don't get up. 10. Sit down. Don't sit down.

C. *Translate.*

1. I offer you these objects of art at a very low price. 2. Where is the vase that you showed me on Friday? 3. I gave it to Mr. Grant a week ago. 4. He was very grateful to me for it. 5. I am told that his friend Paul González has disappeared. 6. When did you learn of (**supo**) it? 7. His servant came to my house at four o'clock. 8. At once, I called his fiancée by telephone. 9. So you know Miss Torres? 10. Certainly I know her, and I know that Paul has written a letter to her. 11. In it he tells her that he will return to Lima next week. 12. She promises to call me as soon as he returns. 13. I am sure that she faces the situation calmly. 14. Naturally, since she doesn't know that Paul returned to Lima two days ago. 15. She tells me that Paul is still in Panama, but I refuse to believe it. 16. As a general rule, Grant, González, and I get together on Monday. 17. However, if Grant calls you, please tell him that I shall not be able to meet them next week. 18. I shall go to Grant's this afternoon, without fail. 19. Will you do me the honor of taking something with me before going home? 20. Why not? They serve good wine in this café. 21. A thousand thanks. Don't mention it.

5

A. *Memorize.*

a la sombra de in the shade (shadow) of
cada vez más rápido faster and faster
calle abajo (arriba) down (up) the street
cerrar con llave to lock
dar un salto to leap
dejarse caer al suelo to drop to the ground
echar a correr to start to run
le tiembla la mano his hand trembles
por primera (tercera) vez for the first (third) time
querer decir to mean
resolverse a visitar to resolve to visit
subir a to climb (on, into)

B. *Verb review. Under each of the orthographic-changing verbs shown in Exercise 3B, list all those of the same type found in chapters 2, 3, and 4. Be prepared to write the present and preterit indicative and the present subjunctive of these verbs.*

C. *Translate.*

1. For the third time I saw two men come out of that house. 2. This time one of them walked rapidly toward the square. 3. The other, after locking the door, climbed into an automobile. 4. The street was badly lighted, so they didn't see me. 5. The car's little red light disappeared like a flash after crossing the square. 6. I started to walk slowly down the street. 7. I had just passed the cathedral when I heard a shriek. 8. A man came out of that narrow street. 9. On seeing me he leaped and started to run. 10. I resolved to follow him. 11. He was running faster and faster up the street. 12. Finally he dropped to the ground in the shadow of a wall. 13. He realized that I was about to overtake him. 14. "Get up," I said to him. 15. "Ah!" he exclaimed; "so it is you, Mr. Grant." 16. I was surprised on seeing that it was Mr. López's servant. 17. "What does this mean? Why are your hands trembling, John?" I asked. 18. I realized that he was trembling with (**de**) fear.

6

A. *Memorize.*

¿a qué hora? at what time?
coge del brazo a su amigo he seizes his friend by the arm
dar golpes to strike, beat, pound
de nuevo again
de pronto suddenly
debió de olvidarlo he must have forgotten it.
¡Dios mío! For Heaven's sake!
en seguida immediately
llamar a la puerta to knock at the door
por lo visto apparently
varias veces several times

B. *Uses of the imperfect* (*a.* description, *b.* action in progress, *c.* state or condition prevailing, *d.* habitual or recurrent action, *e.* time of day) *and preterit* (*f.* mere mention of completed past act or state, *g.* a series of past acts, if taken as a whole). *Indicate the reason for your choice of tense by placing in parentheses after each verb the appropriate letter.*

1. I seized him by the hand. 2. The hand was cold. 3. It was one o'clock. 4. I repeated what I had said. 5. He was waiting for me. 6. The man was laughing. 7. I saw him five times that day. 8. He always told me the truth. 9. The house was small. 10. I had to return immediately.

C. *Translate.*

1. I called you by telephone about six o'clock. 2. Apparently you had already gone out. 3. At what time did you find the body? 4. I found it about half an hour ago. 5. When I think of the unfortunate boy, I begin to tremble again. 6. Did you go to see the doctor at once? 7. Yes, but the doctor was not at home. 8. I knocked several times, but nobody answered. 9. Suddenly the door opened. 10. Joseph, the old servant with the birdlike eyes, didn't seem to recognize me. 11. Did Joseph know what had happened? 12. No, but on seeing the piece of glass he exclaimed: "For Heaven's sake!" 13. He must have recalled something. 14. Then he seized me by the arm. 15. I left him and picked up the

telephone. 16. When I finished talking, I asked Joseph for the piece of glass. 17. He was about to hand it to me when it fell to the floor. 18. I am sorry to tell you that the glass split in two.

7

A. *Memorize.*

acordarse de un sueño to remember a dream
ahora mismo right now
así de grande so big
en sueños in (my, your, *etc.*) dreams
es decir that is to say
nada de particular nothing distinctive, special
pues bien well then
¿Qué tienes? What's the matter with you?
soñar con to dream of

B. *Subjunctive in dependent noun clauses (after expressions of* will, desire, emotion, *and* uncertainty; *after certain* impersonal expressions).

1. I want you to tell me who killed Emmanuel. 2. I told him to bring me the box. 3. I do not believe that Joseph will recognize you. 4. I hope you know where the picture is. 5. I regret that the doctor has not returned. 6. I begged him to tell me what had happened. 7. It is necessary that you leave right now. 8. It is possible that the doctor has put the picture away somewhere.

C. *Translate.*

1. Well then, look at the old man's face. 2. My, what an expression of fear! 3. What is the matter with him now? 4. He says that there isn't anything the matter with him. 5. To whom does the portrait belong that they stole from you? 6. Why do you ask me (it)? 7. I am curious (curiosity pricks me), since I have never seen it. 8. There isn't anything distinctive about it. 9. Then why has Joseph dreamed of it so many times? 10. Perhaps because it used to hang from the wall of his master's bedroom. 11. It disappeared one day before the doctor left for North America; that is to say, several months ago. 12. They say that the portrait lacks

something. 13. I remember the rose that the artist left incomplete. 14. Joseph tells me that when he saw it in his dreams it was so big. 15. To judge by what he has said, the picture probably has no importance. 16. Perhaps not, but the matter is very serious. 17. It seems to me that those lines of blue and gold have more importance. 18. Emmanuel died without saying anything to anybody.

8

A. *Memorize.*

a media noche at midnight
a pesar de in spite of
al principio at first
comenzar a abrir to begin to open
cumplir . . . años to reach one's . . . birthday
despedirse de to take leave of, say good-by to
determinarse a descubrir to resolve to discover
echarse en la cama to lie down on the bed
hacer una pregunta to ask a question
hace viento the wind is blowing
jugar a las cartas to play cards
ocuparse en examinar to be busy examining
por último finally
ya no no longer

B. *Subjunctive in adjective (relative) clauses (to indicate that the antecedent is* indefinite *or* nonexistent).

1. Joseph will tell me all that he knows. 2. There is no one who can tell you where the doctor is. 3. Do you know a man who plays cards? 4. If you want wine that is good, take this. 5. There was no one in the café who had seen Doctor González.

C. *Translate.*

1. The proprietor got up, cleaned some glasses, and finally put a glass of wine on the table before me. 2. Four men were seated at a table playing cards. 3. I asked them a few questions. 4. I talked a while with the proprietor. 5. Then I took leave of them and went out into the street. 6. I resolved to forget the terrible events of that day. 7. While I walked

toward my house, I tried to convince myself that the boy was not dead. 8. The poor boy had just reached his eighteenth birthday. 9. At midnight I lay down on the bed. 10. I slept only two or three hours. 11. What had awakened me? 12. At first I thought it was the wind that had awakened me, but the wind was no longer blowing. 13. Another noise, very slight at first, reached my ears. 14. "Someone is moving in the next room," I thought. 15. In spite of the darkness, I saw that the door was open. 16. I got up and made a light. 17. I began to examine the rooms, one after the other (**uno tras otro**). 18. There was nothing that would indicate the source of the noise. 19. I could no longer hear anything.

9

A. *Memorize.*

a espaldas del hombre behind the man's back
a la derecha (izquierda) to (on) the right (left)
dar a la calle to face the street, open on the street
dar en el suelo to strike the floor
de noche by night
decidirse a levantarse to decide to get up
en cambio on the other hand
en efecto in fact, as a matter of fact
en medio de in the middle of
en primer lugar in the first place
en su vida never in his life
poco a poco little by little
ponerse en pie to stand up, get up
ponerse serio to become serious
tener fama de rico to be reputed to be rich
tratar de ganar to try to gain, try to reach
seguir pensando to keep on thinking

B. *Translation of English* become.

ponerse malo (*ill*), **pálido** (*pale*): 1. If you drink that, you will become ill. 2. On seeing the thief she became very pale.
hacerse médico, rico, soldado (*a soldier*) 3. My uncle has become a doctor. 4. Soon he will become rich. 5. The boy wants to become a soldier.
volverse loco (*crazy*): 6. He thinks you are becoming (going) crazy.

C. *Translate.*

1. In the morning we found a chair on the ground under the window that faces the street. 2. Doubtless the thief had entered through that window. 3. On the other hand, he had gone out through that door on the left. 4. Will you tell us what happened, Mr. Grant? 5. Well, in the first place, I must tell you that the room was dark. 6. I tried to place myself behind the man's back. 7. And as a matter of fact I succeeded in doing it without making any noise. 8. I was about to hurl myself on him, when he became aware of my presence. 9. Have you ever (jamás) found yourself in such a situation? 10. No, sir, never in my life. 11. The newspaper says that the thief hurt himself when he struck the floor. 12. That is what he was trying to make me believe. 13. But suddenly he stood up. 14. I demanded that he tell me why he had entered my house by night. 15. Though I didn't realize it, he was advancing little by little. 16. An instant later he ran out through that door. 17. I decided to follow him, but it was useless. 18. Nevertheless, I kept on running as far as the square. 19. Was there anyone in the square who had seen him? 20. There were two men in the middle of the square, but they paid no attention to him.

10

A. *Memorize.*

convidar a tomar to invite to take
dar con to come upon, find
dormirse to fall asleep
echarse a reír to begin to laugh, start to laugh
hacer un viaje to take a trip
hacia las ocho about eight o'clock
hay sol the sun is shining
llevarse la hoja to take along (carry off) the sheet
no . . . más que only
sacar en limpio to clear up, come to a conclusion
valer la pena to be worth while

B. *Use each form in a short sentence.* (*These are* transitive *verbs.*)

1. acostaba 2. se acuesta 3. duerme 4. se durmió 5. levantó 6. se levantaron 7. llamamos 8. me llamo 9. llevaré 10. me llevé 11. mueve 12. se moverá

13. niego 14. me negué 15. pondrán 16. nos pusimos 17. sentar 18. me siento 19. sentía 20. se sintió

C. *Translate.*

1. I drew the map several days ago. 2. I was thinking of taking a trip, but now it isn't worth while. 3. A friend had invited me to dine with him. 4. I spent the night at my friend's home. 5. We got up early that morning. 6. The sun was shining and the birds were singing. 7. About ten o'clock I took leave of my friend. 8. In the street I met Paul González's servant. 9. For a long time I had desired to ask him a few questions (*see note* 6). 10. But I didn't clear up anything. 11. I went home, sat down, and began to read a book. 12. I was surprised on seeing that someone had torn out a page. 13. Then I discovered that the thief had carried off the map too. 14. I went to bed early that night, but I didn't sleep well. 15. It must have been two o'clock when at last I fell asleep. 16. Last night I went to see the proprietor of the café. 17. He said there were only two persons in the café, besides Emmanuel. 18. "What strange guys!" he exclaimed. 19. Then he began to laugh. 20. He assured me that one of them had a round head and that he had short red hair.

11

A. *Memorize.*

a la luz del día by daylight
a ver let's see
ayer por la noche last night
creo que sí (no) I think so (not)
de golpe with a bang, suddenly
digo I mean
hay que it is necessary, one must
no valer nada to be worthless
poco antes (después) de shortly before (after)
por ejemplo for example
por lo tanto therefore
por supuesto of course

B. *Subjunctive in dependent noun clauses. Complete each sentence and translate into English.*

1. ¿Cree Vd. que . . . ? 2. Yo no creía que . . . 3. Me alegro de que . . .

4. Era necesario que . . . 5. Es posible que . . . 6. Dudo que . . . 7. Pidió que no . . . 8. ¿Desea Vd. que yo . . .

C. *Translate.*

1. Joseph tried to conceal his fear and couldn't. 2. I don't think he knows where the doctor is. 3. On what do you base your opinion? 4. Isn't it possible that the doctor has returned home? 5. I think not, and therefore I regret having told his fiancée that he had returned. 6. On the contrary, I think she ought to keep on believing it. 7. Let's see if we can find the letter; I mean the letter you received from González. 8. It isn't worth while, since I am sure that it can tell us nothing. 9. By daylight perhaps we shall find something. 10. I think so; that is to say, I hope so. 11. It is possible that we may find . . . a piece of the box, for example. 12. It is necessary to look for someone who has seen that fellow with red hair. 13. He is probably the one who killed Emmanuel. 14. Shortly after Emmanuel's death, Joseph told me that something terrible threatened Paul González. 15. Last night while I was talking with him the door closed with a bang. 16. The poor old man began to tremble violently. 17. I fear that he is going to become ill. 18. For a week he hasn't slept well, and he is very tired.

12

A. *Memorize.*

como de costumbre as usual
correr peligro to be in danger
es cierto it is true
es que the fact is that
por completo completely
tener razón to be right
todo el mundo everybody
un rato más a little while longer
¡Ya lo creo! I should say so! Of course!

B. **tener** for English *to be.*

tener hambre to be hungry
tener sed to be thirsty
tener calor to be warm, be hot
tener miedo to be afraid
tener razón to be right
tener calma to be calm

tener sueño to be sleepy
tiene los pies fríos his feet are cold
tiene diez años he is ten years old

Use each idiom to complete each of the following: (*a*) **Es posible que . . .** (*b*) **Yo no creía que . . .**

C. *Use each of the idioms of A in a complete Spanish sentence, and translate into English.*

13

A. *Memorize.*

correr mucho to run fast
dar como resultado to result in
dar un paso to take a step
hablar en serio to speak seriously
nos hace falta we need
perder tiempo to waste time
prestar atención to pay attention
reírse de to laugh at
respecto de with respect to
terminar de hablar to finish speaking

B. para for (*meaning destination or purpose*); by (*limit of time*); to, in order to (*before an infinitive*).

por for (*meaning because of, on account of, for the sake of, in exchange for, during; after such verbs as* **ir, volver, mandar, preguntar,** *indicating the* object *or* motive *of the action*); by (*expressing agency, means, or manner*); through, along, around. *Translate.*

1. The doctor sent for the box. 2. They will leave for the United States next week. 3. We were walking along the street. 4. Are you sure the letter was written by González? 5. He said I would receive it by Monday. 6. The car cannot pass through this street. 7. We have to pay attention in order to comprehend what he is saying. 8. He is not asking for you, but for Salinas. 9. I would not give you a sol for that hat. 10. These letters are for Alfred. 11. For two reasons, I don't think the doctor is far away. 12. I drew the map for a friend of mine. 13. Grant kept on reading for a long time. 14. They gave him nothing for his work. 15. I swear by (on)

my honor that I do not know where the portrait is. 16. If you haven't lost it, it is probably around here. 17. I told him that I had the papers, but he hasn't come for them yet. 18. I solved the problem by following the red line.

C. *Use each of the idioms of A in a complete Spanish sentence, and translate into English.*

14

A. *Memorize.*

arrojarse a la puerta to make a dash for the door
colgado al cuello hanging from his neck
dar un grito to shout, yell
de seguro surely
empeñarse (en ir) to insist (on going)
está bien all right
hombre de negocios businessman
no es fácil it isn't likely
otra cosa something (anything) else
pierda Vd. cuidado don't worry
romper a reír to burst out laughing
tener gana(s) de entrar to wish to enter, feel like entering

B. *Prepare to give orally in Spanish a résumé of chapters 1 and 2.*

C. *Translate.*

1. I burst out laughing when I saw that the house was full of boys. 2. Grant shouted in order to silence them. 3. He told them that they would have to look for a picture. 4. Someone had stolen it from him. 5. They will have to look for something else too. 6. They were going to be businessmen. 7. Therefore, Grant insisted on paying them for their work. 8. On hearing that they were to (**habían de**) receive money, they shouted with pleasure. 9. Then all made a dash for the door. 10. One of the boys had a sign hanging from his neck. 11. He isn't a detective, but surely will be (**lo será**) some day. 12. "Don't worry," said Thomas, "I shall find the picture." 13. "Do you feel like eating something?" asked Grant. 14. "I am not hungry, but if you insist . . ." 15. Grant did not

believe that the boys would return that night. 16. Therefore, he was surprised on seeing a boy enter with a box. 17. In it there were several pieces of glass. 18. Lines of blue and gold crossed them. 19. Does Grant really and truly believe that he can find the thief? 20. It isn't likely, since no one has seen him. 21. Please bring me a man who knows Lima well. 22. All right, I shall bring him to you in less than half an hour.

15

A. *Memorize.*

a propósito by the way
aquí mismo right here
aquí tienes el dinero here is the money
asistir a la escuela to attend school
ayudarle a terminar to help him finish
convertirse en to become
el sol se pone the sun is setting
en esto at this moment
esto no me gusta nada I don't like this at all
llegar a ser general to become (get to be) a general
más adelante farther on
otros dos two more
¿Qué hemos de hacer? What are we to do?
salir con malas (buenas) notas to get bad (good) grades
¡Ya llegamos! Here we are!
ya que since (*causal*)

B. *Prepare to give orally in Spanish a résumé of chapters 3 and 4.*

C. *Translate.*

1. It has been a beautiful day, but now the sun has set and a strong wind is rising. 2. Thomas and the two men are walking through a narrow street. 3. Suddenly Grant stops in the middle of the street. 4. "How old are you, Thomas?" he inquires. 5. Thomas replies that he is fifteen years old. 6. He says that his father works in a theater here in Lima and that his sister is a schoolteacher. 7. He attends school every day, but he doesn't like it at all. 8. School bores him, and, therefore, he gets bad grades. 9. By the way, do you know that Thomas wants to become a soldier?

10. They now find themselves in a part of the city unknown both to Grant and to Salinas. 11. The street has become a kind of narrow road. 12. Grant orders Thomas to hurry. 13. Within half an hour they will not be able to see anything. 14. At this moment an enormous dog comes out from among the trees. 15. Thomas throws a stone at its head, and the animal retires. 16. "Here we are, gentlemen," says our young detective. 17. "Yes, right here," says Salinas, who has just found two more pieces of glass. 18. "What am I to do now?" says Thomas, addressing Grant. 19. "Here is your money. Go home and go to bed." 20. "But I want to help you finish this affair." 21. A little farther on they see a big stone house. 22. They approach the house carefully, since they have no weapons. 23. Some day Thomas will get to be a good detective.

16

A. *Memorize.*

encontrarse con to encounter, meet
le pierdo de vista I lose sight of him
me quedan dos I have two left
por ahí around here (there) somewhere
por amor de Dios for Heaven's sake
(por) debajo de la cual underneath which
sin sentido unconscious
tomar en serio to take seriously
un poco de agua a little water

B. *Prepare to give in Spanish a résumé of chapters 5 and 6, or chapter 5 may be dramatized, one student taking the role of Grant and another that of José.*

C. *Translate.*

1. Since it was necessary to avoid all noise, Grant and Salinas approached the house carefully. 2. That enormous black mass seemed to be threatening them. 3. Something was moving in the trees behind them. 4. "I don't wish to encounter that dog again," said Salinas in Grant's ear. 5. "Are you afraid of an old dog? Hush, for Heaven's sake!" 6. "He is probably old, but I'm sure he has two teeth left." 7. Salinas thought that there was

nobody at home, and, therefore, he wasn't taking the affair seriously. 8. On the other hand, Grant believed that the thief was around there somewhere. 9. Shortly after, Salinas proposed that Grant go to the left. 10. Then he withdrew, and Grant soon lost sight of him. 11. Shortly before, Grant had noticed a door, underneath which was seen a little light. 12. He succeeded in opening a window and soon found himself inside the house. 13. With his hand on the window sill he listened for a while. 14. Then someone struck him on the head, and he fell to the floor unconscious.

17

A. *Memorize.*

a oscuras in the dark
alrededor de around
dar vueltas to turn, spin
dolor de cabeza headache
hacer daño a to harm, hurt
mantenerse en pie to stand (on one's feet)
más allá farther on
me cuesta trabajo it is hard work for me
ponerse a examinar to begin to examine
referirse a un mapa to refer to a map
se le va quitando is gradually leaving him
se me ocurre una idea an idea occurs to me
se trata de it is a question of
sentirse mejor to feel better
volver en sí to come to, regain consciousness

B. *Dramatize or give an oral résumé of chapter 7.*

C. *Translate.*

1. The pain is gradually leaving me. 2. As a matter of fact, I am beginning to feel much better. 3. But it is still hard for me to get up. 4. I can scarcely stand on my feet. 5. The blow hasn't harmed me much. 6. The room no longer spins around my head. 7. In the dark I begin to examine the room with my hands. 8. First I find the door; then, a little farther on, I come

upon a piece of meat that is hanging on the wall. 9. I hear a slight noise outside the house. 10. The noise increases, and I realize that a car is passing. 11. Suddenly the door opens, and a strong light strikes me in the eyes. 12. I hear a calm voice saying to me: "Now that you have come to, I wish to ask you a few questions." 13. He insists that I tell him where the map is. 14. I try to make him believe that I do not know to what map he refers. 15. I ask him what his name is, but he refuses to tell me. 16. "It is not a question of names, but of maps," he says. 17. Then he closes the door, leaving me again in the dark. 18. A good idea occurs to me. 19. I climb onto the table and remove the meat from the wall. 20. What a headache that guy is going to have!

18

A. *Memorize.*

¡A Dios gracias! Thank Heaven!
a medio consumir half consumed
de un salto in one leap
dejar la llave puesta to leave the key in the lock
desde luego of course
destruirlo todo to destroy everything
el ojo de la llave the keyhole
en un abrir y cerrar de ojos in the twinkling of an eye
hacer las paces to make peace
hombre de bien honest man
lo siento en el alma I regret it with all my heart
más tarde later (on)
mejor dicho rather
meterse en to meddle in
momentos después a few moments later
pegar fuego a to set fire to
poner en libertad to set free
por encima de over
por fortuna fortunately
tener vivas esperanzas to have great hopes

B. *Subjunctive in adverb clauses (to express* purpose, negative result, *a* future event *or* state, *and* concession, *unless the concessive clause states a fact). Translate and indicate the type of dependent clause illustrated.*

1. I shall give you the money as soon as you set me free. 2. Don't drink

the water until (**hasta que**) it is cold. 3. He shouted in order that his friend might come to the rescue. 4. He will not give us the map, even if (**aunque**) he has it. 5. Although he has the map, he will not give it to me. 6. Salinas had returned without (**sin que**) Grant's knowing it. 7. Give him the key in order that he may open the door. 8. I shall hand it to him when he returns.

C. *Use each of the expressions of A in an original sentence, and translate into English.*

19

A. *Memorize.*

a la mañana siguiente the next morning
¿A qué has venido? Why (for what purpose) have you come?
asomarse a la ventana to lean out of the window
darse por perdonado to consider oneself pardoned
encargarse de to take charge of
lo pensé mejor I thought better of it
necesitar de to have need of
¿Qué ocurre? What's up?
tener mucho que hacer to have a lot to do

B. *Subjunctive in conditional sentences (expressing* uncertainty *or a* condition contrary to fact). *In the result clause, the* **-ra** *form of the imperfect or past perfect subjunctive may replace the conditional or conditional perfect. Translate.*

1. If Thomas had not stumbled over a stone, he would have overtaken the car. 2. If Grant should lean out of the window, he would see the boys. 3. If I didn't have so much to do, I would go to the theater. 4. If Thomas should attend school today, he wouldn't learn anything.

C. *Use each of the expressions of A in an original sentence, and translate into English.*

20

A. *Memorize.*

a poco presently
acompañado de accompanied by
de manera que so, so that
de todos modos anyhow
de una vez at once, once for all
en fin in short
estar en malas condiciones to be in bad condition
¡Figúrese! Just imagine!
ni . . . ni neither . . . nor

B. *Prepare to give orally a résumé of chapter 8.*

C. *Use each of the expressions of A in an original sentence, and translate into English.*

21

A. *Memorize.*

a caballo on horseback, mounted
a estas horas at this time of day (night)
acudir en ayuda de to hasten to the aid of
asegurarse de que to make sure that
cumple con su deber he fulfills his duty
dar cuenta de to report on, give an account of
de aquí a una hora an hour from now
en ninguna otra parte anywhere else
por aquí, señores this way gentlemen
una casa cualquiera an ordinary house

B. *Prepare to give orally a résumé of chapter 9.*

C. *Answer in Spanish.*

1. ¿Por qué quería Grant que Salinas prestara atención? 2. ¿Qué hizo Grant antes de ponerse en camino? 3. ¿Por qué seguía ofendido Tomás? 4. ¿Cuánto vale Tomás según la opinión de Grant? 5. Según Grant, ¿cómo podemos conocer un hombre? 6. ¿Cumple Tomás con todos sus deberes? 7. ¿Por qué no asistió a la escuela aquel día? 8. ¿Qué preguntó

Salinas mientras andaban por la calle? 9. ¿De qué estaba seguro Grant? 10. ¿Cómo era la casa que buscaban?

D. *Use each of the expressions of A in an original sentence, and translate into Spanish.*

22

A. *Memorize.*

abierta de par en par wide-open
dando golpes cada vez más fuertes pounding harder and harder
echar abajo to break down
frente a frente face to face
me da con la puerta en las narices he slams the door in my face
parecerse a to resemble
un tal O'Higgins a certain O'Higgins

B. *Prepare to give orally a résumé of chapter 10.*

C. *Answer in Spanish.*

1. ¿Qué dijo Grant mientras daba golpes en la puerta? 2. ¿Qué hubiera hecho Grant, si el viejo no hubiera abierto la puerta? 3. ¿Qué preguntó el viejo? 4. Cuando Grant le dijo que buscaban a un tal O'Higgins, ¿qué contestó el hombre? 5. Entonces, ¿qué dijo Tomás? 6. ¿Por qué empezó a dudar Grant que fuese la casa que buscaban? 7. Mientras tanto, ¿qué hacía el hombrecito? 8. Poco después, ¿qué procuró hacer? 9. ¿Qué hizo Grant con el pie? 10. Entonces, ¿qué gritó Grant?

D. *Use each of the expressions of A in an original sentence, and translate into English.*

23

A. *Memorize.*

campo de aviación airport
contar con to rely on
en extremo extremely
estar bien de salud to be in good health
más bien que rather than

no podía menos de admirar couldn't help admiring
por cierto in truth
quiere a Pablo she loves Paul
se casa con ella he marries her
tener cariño a to have affection for
tenga Vd. la bondad de please
verse obligado a conceder to be obliged to concede

B. *Prepare to give orally a résumé of chapter 11.*

C. *Answer in Spanish.*

1. ¿Dónde estaba situada la casa de Grant? 2. ¿Cuánto tiempo hacía que Carlota no tenía noticias de su amante? 3. ¿Por qué no podía quedarse inactiva en casa? 4. Al entrar en el estudio ¿qué le dijo a Grant? 5. ¿Por qué le dijo Grant que Pablo estaba bien de salud? 6. ¿Qué dijo Carlota acerca de su novio? 7. ¿Cómo sabía Grant que los tres hombres habían pasado la noche en el Callao? 8. ¿De qué se han encargado Juan Salinas y Tomás? 9. ¿Quién es Pedro Suárez? 10. ¿Qué dice Grant después de hablar por teléfono con Suárez? 11. ¿Por qué no quiere Grant que Carlota le acompañe en el viaje a Arequipa? 12. ¿Qué no podía menos de admirar?

D. *Use each of the expressions of A in an original sentence, and translate into English.*

24

A. *Memorize.*

a lo largo de along
a lo lejos in the distance
cambiar de sitio con to change places with
dejar de visitar to fail to visit
dejar de (+ *inf.*) to fail; to stop
estar por cambiar to be for (in favor of) changing
más allá de beyond
momentos después a few moments later
parece mentira it doesn't seem possible, it seems incredible

B. *Prepare to give orally a résumé of chapter 12.*

C. *Answer in Spanish.*

1. ¿Por qué estaba triste Tomás al despedirse de su amigo? 2. ¿Qué se veía desde al aeroplano? 3. ¿Qué hay cerca de Pisco? 4. ¿A qué se ha dedicado el primo de Carlota? 5. ¿Qué obra del primo acaba de salir? 6. ¿De qué está cubierto el Cerro Colorado? 7. ¿Qué se ha encontrado allí? 8. ¿Por qué no puede Carlota dedicarse al estudio de la historia? 9. ¿Qué hay que hacer para comprender bien la historia del Perú? 10. ¿Cómo era el Cuzco cuando vinieron los españoles en el siglo dieciséis?

D. *Use each of the expressions of A in an original sentence, and translate into English.*

25

A. *Memorize.*

aprender a ejercer to learn to exercise, practice
hacer alto to halt
hacia abajo downward
perderse de vista to drop out of sight

B. *Dramatize or prepare to give orally a résumé of chapter 13.*

C. *Answer in Spanish.*

1. ¿Cuánto tiempo hacía que Grant y Carlota viajaban en el aeroplano? 2. ¿Por qué tiene Grant verdaderas esperanzas de encontrar a Pablo en Arequipa? 3. En el campo de aviación, ¿qué le enseñaron a Grant? 4. ¿Qué le dijo un mozo? 5. ¿Por qué sonrió Grant al reunirse con Carlota? 6. ¿Por qué no quería Carlota pensar en su novio? 7. Según el cuento, ¿qué hicieron los soldados del Inca? 8. ¿Por qué no le costó trabajo a Grant creer lo del cuento.

D. *Use each of the expressions of A in an original sentence, and translate into English.*

26

A. *Memorize.*

al cabo de un rato after a while
aquella misma noche that very night
cierra la noche it is growing dark
con lápiz with a pencil
dar diente con diente to shiver with cold
en todas partes everywhere
en vez de instead of
esto de andar this business of being
mal de su grado unwillingly, against her will
mañana por la mañana tomorrow morning
me admira su arte I wonder at his cunning
se me adelanta un día he is one day ahead of me
sube por allá goes up that way
tarde o temprano sooner or later

B. *Prepare to give orally a résumé of chapter 14.*

C. *Answer in Spanish.*

1. Según lo que dice Grant, ¿qué es el hambre? 2. ¿Qué no podía resistir Carlota? 3. ¿Dónde se hallaban Grant y Carlota? 4. ¿Qué pasaba en el jardín de la Quinta Bates? 5. ¿Dónde está situada la ciudad de Arequipa? 6. ¿Qué suele hacer el extranjero que la visite por primera vez? 7. ¿Qué pasó en casa de Grant la noche en que desapareció Pablo? 8. ¿Cuánto tiempo se necesita para ir de Arequipa al Cuzco? 9. ¿Cómo pasaron la tarde los dos? 10. ¿Cómo son las noches en Arequipa? 11. ¿Qué les dijo el mozo del hotel? 12. Según Grant, ¿qué hará O'Higgins tarde o temprano?

D. *Use each of the expressions of A in an original sentence, and translate into English.*

27

A. *Memorize.*

al día siguiente on the following day
convenir en ello to agree to it
en alguna parte somewhere
lo peor es the worst of it is

lograr detenerle to succeed in arresting him
me hace falta un lápiz I need a pencil
me toca a mí it is my turn
ni siquiera not even
poner un telegrama to send a telegram
resulta diferente it turns out to be different
sería más a propósito it would be more to the point

B. *Prepare to give orally a résumé of chapter 15.*

C. *Answer in Spanish.*

1. ¿Qué había propuesto Grant mientras aguardaban el tren? 2. ¿Por qué no había convenido en ello Carlota? 3. ¿Por qué tiene González confianza en Grant? 4. Una vez en el tren, ¿qué hizo Carlota? ¿Y Grant? 5. De pronto, ¿qué sintió Grant? 6. ¿Cómo se llama el mal de que sufre Grant? 7. ¿Qué le dice Carlota? 8. ¿Cómo se sentía Grant al acercarse al Cuzco? 9. ¿Qué vieron al bajar del tren? 10. Al poner los ojos en el hombre, ¿qué dijo Grant?

D. *Use each of the expressions of A in an original sentence, and translate into English.*

28

A. *Memorize.*

al parecer apparently
al servicio de in the service of
¿Cómo son? What are they like?
conviene hacerlo it would be well to do it
frente a opposite, facing
hacer esfuerzos por levantarse to make an effort to get up
me hace gracia it amuses me
para dónde había ido where he had gone
sombrero de alas anchas broad-brimmed hat
tenía el traje roto his suit was torn

B. *Prepare to give orally a résumé of chapter 16.*

C. *Answer in Spanish.*

1. ¿Cómo estaba vestido el hombre que tenía un pan bajo el brazo? 2. ¿Qué estaba a punto de hacer Grant? 3. En esto, ¿qué hizo Carlota? 4. Viendo que el del traje roto se marchaba, ¿qué gritó Grant? 5. ¿Qué hizo el hombre? 6. ¿Por qué se echaron a reír las mujeres? 7. ¿Qué gritaba Carlota? 8. ¿Qué vió Grant en el corredor del hotel? 9. Al abrir la puerta, ¿qué vió Grant? 10. ¿Qué le dijo Carlota? 11. ¿Qué le dijo el empleado del hotel? 12. ¿Qué le habían dicho al empleado O'Higgins y su compañero? 13. ¿Cómo logró Grant entrar en el cuarto de González? 14. ¿Cómo estaba el médico?

D. *Use each of the expressions of A in an original sentence, and translate into English.*

29

A. *Memorize.*

con el propósito de for the purpose of
corresponder a un favor to return a favor
en suma in short
en todas partes everywhere
lo único que siento the only thing I regret
no cabe duda there is no doubt about it
nosotros los peruanos we Peruvians
por medio de by means of
rara vez seldom, rarely
se le cerraban los ojos his eyes kept closing
tener en cuenta to bear in mind
venir a concluir to come to a conclusion

B. *Review the conjugation of* **caber.** (*Uses of* **caber: No cabe más en la caja.** The box won't hold any more. **Meta Vd. todo cuanto quepa.** Put in all that it will hold. **No cabemos todos en el coche.** We can't all get into the car. **Es más ladrón que O'Higgins, si cabe.** He is more of a thief than O'Higgins, if that is possible.) *Translate.*

1. I told him to put in all that the box would hold. 2. He said that the

box wouldn't hold any more. 3. I don't believe that all the boys can get into this room. 4. He is uglier than his brother, if that is possible.

C. *Answer in Spanish.*

1. ¿Qué hacía Pablo cuando Grant volvió a entrar en el cuarto? 2. ¿Qué había hecho O'Higgins en Arequipa? 3. Más tarde, cuando los tres estaban sentados a una mesita, ¿qué preguntó Carlota? 4. ¿Cómo respondió Pablo? 5. ¿De qué carta habla González? 6. ¿Cuál era la fuente de las riquezas del tío Antonio? 7. ¿Qué oficio tenía Antonio? 8. Después de estudiar la carta, ¿qué vino a concluir González? 9. ¿Cómo viven muchos hombres en todas partes? 10. Según Grant, ¿en qué consiste la felicidad? 11. ¿Qué le parecía extraño a González? 12. Al fin, ¿qué logró comprender?

D. *Use each of the expressions of A in an original sentence, and translate into English.*

30

A. *Memorize.*

antes por el contrario rather on the contrary
el caso es que the fact is that
entrar al servicio de to enter the service of
en virtud de by virtue of
estar enamorado de to be in love with
guardar cama to stay in bed
guardar silencio to keep silent
le da pena it grieves him
lo convenido the agreement, what was agreed
lo de la carta that matter of the letter
mejor dicho rather
me trae a la memoria it brings to my mind
salir a la escena to appear

B. *Prepare to give orally a résumé of chapter 17.*

C. *Answer in Spanish.*

1. ¿Por qué guardó silencio Pablo González? 2. ¿Por qué había escrito

Antonio aquella carta? 3. ¿Qué había hecho con el oro? 4. ¿Dónde había escondido el mapa? 5. ¿Qué había de hacer el padre de González para hallar el oro? 6. ¿Qué hizo Pablo cuando supo lo que decía la carta? 7. ¿Quiénes son los enemigos de Pablo González? 8. ¿Quién era la muchacha que entró al servicio de González? 9. ¿Qué hizo el tío Antonio cuando Pablo le preguntó acerca de la carta? 10. ¿Qué le daba pena a Antonio?

D. *Use each of the expressions of A in an original sentence, and translate into English.*

31

A. *Memorize.*

arreglar la cuenta a to settle accounts with

celebrar la ocasión to welcome the opportunity

más que nada more than anything else

sentirse con fuerzas para to feel strong enough to

tener culpa to be to blame

vestido de negro dressed in black

vestirse de pobre to dress as a beggar

B. *Prepare to give orally a résumé of chapter 18.*

C. *Answer in Spanish.*

1. ¿Cómo celebró su llegada a Lima Pablo? 2. ¿Por qué quería Grant arreglarle la cuenta a O'Higgins? 3. ¿Quién acompañaba a O'Higgins? 4. ¿Adónde llevaron a Pablo? 5. ¿Qué hizo O'Higgins mientras comían en un café de Arequipa? 6. Luego, ¿qué le pasó a Pablo? 7. ¿Por qué había señalado Grant en el mapa algunos puntos de interés? 8. ¿Qué sentía González más que nada? 9. En cuanto al retrato, ¿qué creía Grant? 10. Al final de la conversación, ¿cómo se sentía Pablo?

D. *Use each of the expressions of A in an original sentence, and translate into English.*

32

A. *Memorize.*

a lo mejor when least expected
a toda prisa at top speed
bien puede ser that may well be
burlarse de to mock
de aquí en adelante from now on
de camino on the way
es hora de pensar en it is time to think of
hasta aquí thus far, up to now
llevar a cabo to carry out
más ligero faster
me lleva un día he is one day ahead of me
todo lo necesario everything needed

B. *Prepare to give orally a résumé of chapter 19.*

C. *Answer in Spanish.*

1. ¿Qué solían hacer los incas al conquistar una nueva provincia? 2. ¿Qué hay en el Cuzco? 3. ¿Qué hicieron Grant y González por la mañana? 4. ¿Qué se veía desde el monte? 5. ¿Qué habían comprado el día anterior por la tarde? 6. ¿Por qué no quería Carlota quedarse en el hotel? 7. ¿Qué hacían Carlota e Inambari mientras andaban por el camino? 8. ¿Qué hizo el padre de Inambari cuando éste llegó a la edad de diez años? 9. ¿Cuánto duró la conversación entre Grant y Carlota? 10. ¿Qué no pudo menos de admitir ésta? 11. Poco después, ¿qué encontraron en el camino? 12. ¿Qué dijo Grant a Inambari para que anduviese con paso más rápido?

D. *Use each of the expressions of A in an original sentence, and translate into English.*

33

A. *Memorize.*

al aire libre in the open air
a la hora de comer at mealtime
a menudo frequently
a mí me toca O'Higgins O'Higgins falls to me
corte de cara profile

cuidado con no caer be careful not to fall
echando fuego por los ojos his eyes blazing
lo mejor que puedo as well as I can
ninguno de los dos neither one of the two

B. *Prepare to give orally a résumé of chapter 20.*

C. *Answer in Spanish.*

1. ¿Seguía Inambari la línea señalada por Grant? 2. De noche, ¿dónde dormían los tres? 3. ¿Cómo pasaban los días? 4. Al encontrarse en las alturas a la hora de comer, ¿qué procuraban hacer? 5. ¿Dónde hicieron alto el tercer día por la mañana? 6. ¿Cuál de los indios del pueblo había visto a O'Higgins? 7. A las cuatro, mientras descansaban, ¿qué hacía Inambari? 8. ¿Por qué vino corriendo poco después? 9. Poco antes de la caída de la tarde, ¿qué vieron al través de los árboles? 10. ¿Quiénes estaban sentados a la luz del fuego? 11. ¿Por qué se escondieron Grant y sus dos compañeros? 12. ¿Qué dijo Inambari del abismo?

D. *Use each of the expressions of A in an original sentence, and translate into English.*

34

A. *Memorize.*

a la luz del fuego by (in) the light of the fire
a maravilla marvelously
al romper el día at daybreak
cada vez menos distintas less and less distinct
dar vueltas en el suelo to roll on the ground
de un lado para otro from one side to the other
en el fondo at heart
hacer (un) papel to play a role
hubiera podido ser peor it could have been worse
las manos en alto his hands up
más vale así it is better so
me da vergüenza it shames me, makes me ashamed
perro de mala raza cur
que nos queda por hacer that we still have to do
se acabó la comedia the game is up

B. *Prepare to give orally a résumé of chapter 21.*

C. *Answer in Spanish.*

1. ¿Qué pasó cuando Grant se arrojó sobre O'Higgins? 2. ¿Qué dijo O'Higgins de los pecados que hubiera cometido? 3. ¿Por qué no duró mucho la risa de O'Higgins? 4. Al volverse, ¿qué vió Grant? 5. ¿En qué se ocupaba Inambari? 6. ¿Qué les quedaba por hacer? 7. Según la opinión de Inambari, ¿qué debe hacer el señor juez? 8. ¿Cómo pasaron la noche Grant, González e Inambari? 9. ¿Qué vió Inambari al romper el día? 10. ¿Qué dijo a Grant y a González? 11. ¿Qué le daba vergüenza a Inambari? 12. ¿Quién es el autor del verso "Poderoso caballero es don Dinero"?

D. *Use each of the expressions of A in an original sentence, and translate into English.*

35

A. *Memorize.*

conforme a in accordance with
dar las gracias to thank
divertirse mucho to have a very good time
echar al fuego to throw into the fire
harto bien very well
hasta luego so long
lo más hondo the deepest part
no había señal alguna there was no sign whatever
pintado de verde painted green
¿Qué te pasa? What's the matter with you?
tengo el estómago vacío my stomach is empty
todo cuanto all that
tres veces al día three times a day
ya no hay cuidado there is no longer anything to worry about

B. *Prepare to give orally a résumé of chapter 22.*

C. *Answer in Spanish.*

1. Cuando el abismo quedó bien iluminado, ¿qué vió Grant? 2. ¿Qué costumbre tenía Inambari? 3. ¿Cómo tenía el estómago? 4. ¿Por qué

mandó Grant a Inambari que soltase los pies del preso? 5. ¿Cuándo volvieron a ver las blancas casas del Cuzco? 6. ¿Dónde había dejado Grant el retrato? 7. ¿Qué le contó Grant a su amigo mientras caminaban hacia la ciudad? 8. ¿Qué hará Grant en cuanto lleguen a Lima? 9. ¿Qué hizo Carlota al verlos entrar en el hotel? 10. ¿Por qué se negó Inambari a aceptar los cien soles?

D. *Use each of the expressions of A in an original sentence, and translate into English.*

36

A. *Memorize.*

con destino a bound for
es de esperar it is to be expected
espacio en blanco blank, blank space
me quito el sombrero I take off my hat
mientras tanto meanwhile
poner término a to end, put an end to

B. *Prepare to give orally a résumé of chapter 23.*

C. *Answer in Spanish.*

1. ¿Qué dijo Carlota al recibir la caja de frutas? 2. ¿Por qué no iba en el tren el compañero de O'Higgins? 3. ¿Qué había hecho Grant antes de salir de Arequipa? 4. Al verlos bajar del aeroplano, ¿qué hizo Tomás? 5. ¿Qué dijo Grant al médico cuando le presentó a Tomás? 6. ¿Qué le preguntó el médico a Tomás? 7. ¿Qué les había dicho Salinas a los padres de Carlota? 8. Al llegar a casa de Grant, ¿qué hizo éste? 9. Cuando volvió a entrar en el estudio, ¿qué llevaba en las manos? 10. Explique Vd. lo del mapa. 11. ¿Qué dijo Pablo González de otro viaje a las montañas? 12. ¿Cómo termina el cuento?

D. *Use each of the expressions of A in an original sentence, and translate into English.*

Vocabulary

Nouns ending in **-o** are masculine, and nouns ending in **-a, -dad, -tad, -ión** are feminine, unless otherwise indicated. The conjugation of radical-changing verbs is indicated thus: **(ie)**, **(ue)**, **(i)**, **(ie, i)**, **(ue, u)**.

The following abbreviations are used: *m.* = masculine, *f.* = feminine, *inf.* = infinitive, *pron.* = pronoun, *demon. pron.* = demonstrative pronoun, *obj. pron.* = object pronoun, *pres. p.* = present participle, *p. p.* = past participle, *prep.* = preposition.

a to, at, in, into, on, from

abajo below, down; downstairs; **calle —** down the street; **echar —** to break down

abandonar to abandon, forsake

abierto (*p. p. of* **abrir**) open, opened

abismo abyss

abrazar to embrace

abrir to open; **en un — y cerrar de ojos** in the twinkling of an eye

absolutamente absolutely

absoluto absolute

abuelo grandfather; **—a** grandmother

acá here, hither

acabar to finish; **— de** (+*inf.*) to have just; **¡se acabó la comedia!** the game (comedy) is up!

acaso perhaps

acción action; *pl.* stocks

aceite *m.* oil; olive oil

aceptar to accept

acerca de about, concerning

acercar to bring near; **—se** to approach; **que se le acercaban** that were approaching him

acertar (ie) to succeed; to guess right; **— a** to succeed in

acompañar to accompany; **le acompaño en su dolor** I share your distress

acordar (ue) to remind; **—se de** to recall, remember

aconsejar to advise

acostar (ue) to put to bed; **—se** to go to bed

acostumbrar to accustom

acto act; **en el —** at once

acudir to run (hasten) to; to come to the rescue

adelantar(se) to advance; **¡adelante!** forward! **se nos han adelantado un día entero** they are a whole day ahead of us

adelante ahead, forward; **de aquí en —** from now on; **más —** farther on

además besides, in addition; furthermore; **— de** besides

adiós good-by
admirar to admire, wonder at; **—se** to wonder (at)
admitir to admit; to receive, accept
adonde where, whither; to which
adorar to adore
adquirir (ie) to acquire, obtain
advertir (ie, i) to warn
aeroplano airplane
afecto affection
afirmar to affirm, declare
agitar to excite
agradable agreeable, pleasant
agradecer to be grateful for; **se la agradezco** I am grateful to you for it
agua *f.* water
aguardar to wait (for)
¡ah! ah!
ahí there; **por —** around here somewhere
ahogar to choke, suffocate, smother
ahora now; **— bien** now then; **— mismo** right now
aire *m.* air; **al — libre** in the open air
ajeno another's; foreign, strange; **bienes —s** another's property
al to the; **—** (+ *inf.*) on (+ *pres. p.*); **— atravesar** on crossing
ala wing
alcanzar to reach; to overtake, catch
alegrar to delight; **—se (de)** to be glad (of)
alegre merry
alegremente merrily
alegría joy
alejarse to withdraw, go away; **— de** to leave
Alfredo Alfred
algo something
alguien somebody, anybody
alguno (algún) some, any; some one; **en —a parte** somewhere
alma soul; **en el —** with all my heart
alrededor (de) around; *m. pl.* surroundings
alto high, tall; loud; **hacer —** to halt; **las manos en —** his hands up
altura height
alzar to raise; **—se** to arise
allá there, thither; **poco más —** a little farther on; **por —** that way, up there
allí there
amablemente amiably
amante sweetheart, lover
amar to love
ambos both
ambulancia ambulance
amenazar to threaten, menace
América del Norte North America
amigo friend
amistad friendship
amo master
amor *m.* love; **por — de Dios** for goodness' sake
ancho wide, broad
andar to walk; to go, run (*a machine*); to be
ángel *m.* angel
animal *m.* animal
animar to enliven; to encourage, comfort; **—se** to cheer up, feel encouraged; **— el fuego** to stir up the fire
ánimo spirit, courage; **cobrar —** to gather courage
anoche last night
ante before, in the presence of
anterior previous; former
antes before; formerly; rather; **— de** before
antiguo ancient, old; former
Antonio Anthony
anunciar to announce
añadir to add

año year; **¿cuántos —s tienes?** how old are you? **cumplir . . . —s** to reach one's . . . birthday; **quince —s bien cumplidos** well over fifteen years old
apagar to extinguish, put out
aparecer to appear
apartar to push aside, away; **—se** to withdraw, leave
aparte aside
apenas scarcely, hardly
aplicar to apply
apoyar (en) to rest (on), lean (on); **apoyado en** leaning on
aprender to learn
aprovechar to profit by, take advantage of, make use of
aquel, aquella that; *pl.* **aquellos, aquellas** those; *pron.* **aquél, aquélla** that, that one; **éste . . . —** the latter . . . the former
aquello that (*thing, fact, idea*)
aquí here; **— mismo** right here; **por —** around here; this way
árbol *m.* tree
arma weapon
armar to arm
aroma *m.* fragrance, perfume
arrancar to snatch; to tear out, pull out; to start
arrastrar to drag; **se dejaba —** let himself be dragged
arreglar to arrange; **—le la cuenta a** to settle accounts with
arriba up, above; upstairs
arrojar to hurl, throw; **—se a la puerta** to make a dash for the door
arte *m. & f.* art; cunning; *pl.* cunning
artículo article
artista *m.* artist
asegurar to assure; to secure, tie; **—se de** to make sure of
así so, thus; **— de grande** so big
asistir (a) to attend
asomar to begin to appear; **estar asomado a (la puerta)** to be standing in (the doorway); **—se a (la ventana)** to lean out of (the window)
asombrar to astonish, amaze
aspecto aspect, appearance
aspirar to aspire; to covet
asunto affair, matter
atención attention; **con —** attentively; **llamar la —** to attract attention
atender (ie) to attend; to heed, pay attention
atrás backward, back, behind; **hacia —** backward
atravesar (ie) to cross
atreverse (a) to dare
atrevido bold, daring; **un —** a bold fellow
aumentar(se) to increase
aun (aún) still, yet, even
aunque although; even if
automóvil *m.* automobile
autor *m.* author
autoridad authority
avanzar to advance
ave *f.* bird
aventura adventure
aviación aviation; **campo de —** airport
¡ay! ay!
ayer yesterday; **— por la noche** last night
ayuda help, aid
ayudar to help, aid
azúcar *m.* sugar
azul blue

¡bah! bah!
bajar to go down, come down; to bring down; to get off
bajo low; short; *prep.* under

barba chin; beard
bastante enough; rather
bastar to be enough; **¡basta!** enough! stop!
beber to drink; **—se** to drink up
belleza beauty
bello beautiful
bendecir to bless
bendito (*p. p. of* **bendecir**) **¡— seas!** bless you!
besar to kiss
bien well; very; right, correct; very well; *m.* good; *pl.* property; **— cerrados** tightly closed; **— de mi vida** my dear; **ahora —** now then; **—es ajenos** another's property; **hombre de —** honest man; **más — que** rather than; **mi —** my dear; **pues —** well then
blanco white; **espacio en —** blank space
boca mouth
bondad kindness; **tenga Vd. la — de** please
bonito pretty
brazo arm
breve brief
brillante brilliant
brillar to shine
buen(o) good; all right; **—os días** good morning; **—as noches** good evening, good night
burlar to ridicule, mock, deceive; **—se de** to mock
buscar to look for

caballero gentleman
caballo horse; **a —** on horseback, mounted
cabello(s) hair
caber to have room; **no cabe duda** there is no doubt
cabeza head; **dolor de —** headache
cabo end; **al —** at last, finally; **llevar a —** to carry out
cada each, every; **— vez más rápido** faster and faster
caer to fall; **cuidado con no —** be careful not to fall; **—se** to fall down
café *m.* coffee; café
caída fall; **antes de la — de la tarde** before nightfall
caja box; **— de hierro** safe
calma calm; **con —** calmly
caliente warm, hot
calor *m.* heat; **hacer —** to be warm
callar to be silent; **—se** to keep quiet, hush
calle *f.* street; **— abajo** down the street; **— arriba** up the street
cama bed; **guardar —** to stay in bed
cambiar to change, exchange; **— de sitio** to change places
cambio change, exchange; **en —** on the other hand
caminar to walk
camino road; **de —** on the way; **ponerse en —** to set out, start
campo field, country; **— de aviación** airport
cansar to tire; to bore
cantar to sing
cantidad quantity
capaz capable
capital *f.* capital (city)
cara face; **al volver la —** on turning around; **corte de —** profile; **tenía la —** her face was
carácter *m.* character
cargar to load
cargo load; **hacerse — de** to understand; to take into consideration
cariño affection
Carlota Carlotta

carne *f.* meat, flesh
carta letter; playing card; **jugar a las —s** to play cards
cartel *m.* sign
casa house, home; **en —** at home, indoors; **una — cualquiera** an ordinary house
casar to marry; **—se con** to marry
casi almost
caso case; **hacer —** to pay attention to, heed
castellano Castilian
castillo castle
catedral *f.* cathedral
causa cause; **a — de** because of
causar to cause
celebrar to celebrate; **— la ocasión** to welcome the opportunity
centro center
cerca near; **— de** near
cerrar (ie) to close; to lock; **— con llave** to lock; **bien cerrados** tightly closed; **cerraba la noche** it was growing dark; **en un abrir y — de ojos** in the twinkling of an eye
cesar to cease, stop
ciego blind
cielo sky; heaven(s)
ciencia science
cierto certain, sure; true; **¿no es —?** isn't it so? didn't he? **por —** in truth
cinco five
cincuenta fifty
circunstancia circumstance
ciudad city
claramente clearly
claro clear; **¡—!** of course!
clase *f.* class, kind
cobrar to recover, collect; **— ánimo** to gather courage
coche *m.* coach; car, automobile
coger to seize, catch; to pick up
colgar (ue) to hang; **colgado al cuello** hanging from his neck
colocar to place
color *m.* color; **— de rosa** pink, red
comedia play, comedy; **¡se acabó la —!** the game (comedy) is up!
comenzar (ie) to commence, begin
comer to eat; **—se** to eat up, devour; **a la hora de —** at meal time
comercial commercial, business
cometer to commit
comida meal, dinner
como as, like; since
cómo how; **¿— no?** why not?
compañero companion, friend
compañía company
completamente completely
completo complete; **por —** completely
componer to compose; to repair
comprar to buy
comprender to understand, comprehend
común common; **sentido —** common sense
comunicar to communicate, tell; to connect
con with
conceder to concede
conciencia conscience
concluir to conclude, end; **vine a —** I came to the conclusion
condenar to condemn
condición condition; **en malas —es** in bad condition
conducir to lead, conduct
confesar (ie) to confess
confianza confidence; **persona de —** a reliable person
confiar to entrust
conforme agreed; **— a lo convenido** according to the agreement

confundir to confuse; to mingle
confuso confused, embarrassed
conmigo with me
conmover to move, disturb
conmovido moved, filled with emotion
conocer to know, be acquainted with; to meet, be introduced to
conocimiento knowledge
conquistar to conquer
conseguir (i) to succeed; to obtain
consejo advice
conservar to conserve, preserve
considerar to consider
consigo with them(selves)
consistir to consist
constante constant
constantemente constantly
constituir to constitute; to establish; to form
consumir to consume; **a medio —** half consumed
contar (ue) to count; to tell, relate; **— con** to rely on, count on
contemplar to contemplate, view
contener to contain
contento contentment, joy
contestar to answer
contigo with you
continuar to continue
continuo continual
contra against
contrario contrary; **al —** on the contrary
convencer to convince
convenir to agree; **— en ello** to agree to it; **conviene** it would be well; **conforme a lo convenido** in accordance with the agreement
conversación conversation
convertir (ie, i) to change; **—se en** to become, change into
convidar to invite
corazón *m.* heart
corredor *m.* corridor, hall
correr to run, race; **— mucho** to run fast; **— peligro** to be in danger, run a risk
corresponder to correspond; to return (*a favor*)
corriente *f.* current
cortar to cut
corte *f.* court; *m.* cut; **— de cara** profile
corto short
cosa thing; **otra —** something (anything) else
cosita little thing
costa coast
costar (ue) to cost; **le costó trabajo** it was hard for him
costumbre *f.* habit, custom; **como de —** as usual
crecer to grow; to increase
creer to believe; **creo que sí (no)** I think so (not); **¡ya lo creo!** I should say so! of course!
criada servant, maid
criado servant
cristal *m.* glass
cristiano Christian
cruel cruel
cruzar to cross
cuadro picture; picture frame
cual which; **el (la) —** which, who
cuál what, which
cualidad quality
cualquier(a) any, any whatsoever; *pron.* anyone; **una casa —a** an ordinary house
cuando when; **de vez en —** from time to time
cuándo when
cuanto as much, all that; **en —** as

soon as; **en — a** as for, with regard to; **todo —** all that
cuánto how much; *pl.* how many
cuarenta forty
cuarto fourth; *m.* room
cuatro four
cubierto (*p. p. of* **cubrir**) covered; **— de** covered with
cubrir to cover
cuchillo knife
cuello neck; **colgado al —** hanging from his neck
cuenta account; **arreglarle la — a** to settle accounts with; **dar —** to give an account; **darse — de** to realize; **tener en —** to bear in mind
cuento story
cuerpo body
cuestión question
cuidado care; **— con no caer** be careful not to fall; **bien —** well kept, cared for; **con mucho —** with great caution, very carefully; **no hay —** there's nothing to worry about; **pierda Vd. —** don't worry
cuidar to care (for), take care of
culpa blame; **tener —** to be to blame
cumplir to complete; **— . . . años** to reach one's . . . birthday; **— con** to fulfill; **quince años bien cumplidos** well over fifteen years old
cura *m.* priest
curiosidad curiosity
cuyo whose

chico lad, youngster, kid

dama lady
daño damage, harm; **hacer — (a)** to hurt, harm
dar to give; to strike; **— a** to face, open on; **— como resultado** to result in; **— con** to come upon, find; **— con la puerta en las narices** to slam the door in one's face; **— cuenta** to give an account; **— diente con diente** to shiver with cold; **— en** to strike; **— golpes** to beat, pound; **— libertad a** to liberate, free; **— miedo (a)** to frighten; **— pena** to grieve; **— un grito** to shout, yell; **— un paso (en falso)** to take a (false) step; **— un salto** to leap; **— vergüenza** to shame; **— vueltas** to turn, spin, roll; **—se cuenta de** to realize; **—se prisa** to hurry; **date por perdonado** consider yourself forgiven
de of, from, with, by, concerning, than
debajo beneath; **(por) — de** underneath
deber *m.* duty
deber to owe; ought, must
débil weak
debilísimo very weak, dim
decidir to decide; **—se a** to decide
decir to say, tell; **es —** that is to say; **querer —** to mean; **digo** I mean
declarar to declare, state
dedicar to dedicate, devote
dedo finger, toe
defender (ie) to defend
dejar to leave; to allow, permit; **— de** (+ *inf.*) to stop, fail; **— la llave puesta** to leave the key in the lock
del of the, from the
delante before, in front; ahead; **— de** before, in front of
delicado delicate, refined; thin, slender
demás: lo — the rest; **los (las) —** the others, the rest
demasiado too, too much; *pl.* too many

demonio devil; **¡—!** the deuce!
demostrar (ue) to demonstrate
dentro inside, within; **— de poco** in a little while
derecho right; **a (por) la —a** on (to) the right (hand)
desaparecer to disappear
descansar to rest
desconocer to be unacquainted with
desconocido unknown; *m.* stranger
describir to describe
descrito (*p. p. of* **describir**) described
descubierto (*p. p. of* **descubrir**) discovered
descubrir to discover
desde from, since; **— luego,** of course
desear to desire, wish
deseo desire
desgracia misfortune
desgraciado unfortunate
deshacer to undo; to destroy; **—se** to disintegrate, fall apart
despedir (i) to dismiss; **— fuego** to flash fire, blaze; **—se (de)** to take leave (of), say good-by
despertar(se) (ie) to wake, wake up
después afterwards, then; **— de** after
destino destiny; destination; **con — a** bound for
destruir to destroy, wreck
detective *m., Eng.* detective
detener to detain; to arrest; **—se** to stop, tarry
determinar to determine; **—se a** to determine, resolve
detrás (de) behind, after; back (of)
día *m.* day; **a la luz del —** by daylight; **al romper el —** at daybreak; **nos llevan un — entero** are a whole day ahead of us; **se nos adelantan un — entero** they are a whole day ahead of us; **tres veces al —** three times a day
diablo devil; **¿dónde diablos . . . ?** where the deuce . . . ?
diario daily
dicha happiness; good fortune
dicho (*p. p. of* **decir**) said, told; **mejor —** rather
dichoso happy; fortunate
dieciocho eighteen
dieciséis sixteen
diecisiete seventeen
diente *m.* tooth; **dar — con —** to shiver with cold
diez ten
diferencia difference
diferente different
difícil difficult
digno worthy
dinero money
Dios God; **¡— mío!** Heavens! **a — gracias** thank Heaven
dirección direction; address
dirigir to direct; **—se a** to go, make one's way toward; to address
disponer to dispose; **—se** to get ready
dispuesto (*p. p. of* **disponer**) disposed, ready
distancia distance
distinguir to distinguish
distintamente distinctly
distinto distinct, different
diverso diverse, different; *pl.* several
divertir (ie, i) to divert, amuse; **—se** to have a good time
dividir to divide
divino divine
doctor *m.* doctor
dolor *m.* pain; **— de cabeza** headache; **le acompaño en su —** I share your distress
dominar to dominate

don *title equivalent to Mr., but used only before first name. Not translated*
donde where
dónde where; **para — había ido** where he had gone
doña *title equivalent to Mrs., but used only before first name. Not translated*
dormir (ue, u) to sleep; **—se** to go to (fall) asleep
dos two
duda doubt; **no cabe —** there is no doubt; **sin —** doubtless
dudar to doubt
dueño owner, proprietor
dulce sweet
durante during
durar to last; **— muy poco** to last a very short time
duro hard

e and (*before* **i** *or* **hi**)
echar to cast, throw; to pour; **— a (correr, reír)** to start (to run, laugh); **— abajo** to break down; **— al fuego** to throw into the fire; **—se** to lie down
edad age
efecto effect; **en —** in fact, as a matter of fact; *pl.* (personal) effects
ejemplo example
ejercer to exercise; to practice
el, *pl.* **los** the; *demon. pron.* **— de** that of, the one with; **— que** that which, the one that, the one who
él he, it; him
elemento element
elevar to elevate; **—se** to rise
ella she, it; her
ello it
ellos they; them
embargo: sin — nevertheless
empeñarse (en) to insist (on)
empezar (ie) to begin
empleado employee
emplear to employ, use
empresa enterprise; undertaking; **¡qué — más loca!** what a crazy undertaking
en in, on, at
enamorado in love
enamorar to make love to; **—se de** to fall in love with
encantador charming
encanto charm; **¡qué —!** how charming!
encargar to entrust; **—se de** to take charge of
encender (ie) to kindle, set fire to; **— una luz** to make a light, strike a match
encendido inflamed, red
encerrar (ie) to lock (up)
encima above, on; **— de** on top of; **por — de** over
encontrar (ue) to meet, find; **—se con** to encounter, meet
enemigo enemy
enero January
enfermo sick, ill; *m.* sick man
engañar to deceive; **—se** to be mistaken
enorme enormous, huge
Enrique Henry
enseñar to show; to teach
entender (ie) to understand
enteramente entirely
enterar to inform; **—se de** to become aware of; to learn, find out
entero entire, whole
entonces then, at that time
entrada entrance
entrar (en) to enter, go in, come in

entre between, among
entregar to deliver, hand over
enviar to send
envolver (ue) to wrap up; to envelop
envuelto (*p. p. of* **envolver**) wrapped
época epoch, period
error *m.* error, mistake; **estar en un —** to be under a misapprehension
escapar(se) to escape, get away, run off
escaso scanty, scarce
escena scene; stage
escoger to choose
esconder to hide
escribir to write
escrito (*p. p. of* **escribir**) written
escuchar to listen
escuela school; **maestra de —** school teacher
ese, esa that; *pl.* **esos, esas** those; *pron.* **ése** that one, that fellow
esfuerzo effort
eso that (*thing, fact, idea*); **por —** for that reason, therefore
espacio space; **— en blanco** blank space
espada sword
espalda back; **a —s de** behind the back of; **ancho de —** broad-shouldered
España Spain
español Spanish; Spaniard
especial special
especialmente especially
especie *f.* kind, sort
esperanza hope
esperar to hope, expect; to wait, wait for
espeso thick, dense
espíritu *m.* spirit
esposo husband; **—a** wife
establecer to establish
estación station; season
estado state, condition
Estados Unidos United States
estar to be; to be in (at home); **— en un error** to be under a misapprehension; **está bien** all right
este, esta this; *pl.* **estos, estas** these; *pron.* **éste, ésta** this one, this fellow; the latter; *pl.* **éstos, éstas** these; the latter
estimar to esteem
esto this (*thing, fact, idea*); **en —** at this juncture, point, moment
estómago stomach
estrechamente tightly
estrecho narrow
estrella star
estudiar to study
estudio study
eterno eternal, everlasting
evitar to avoid
examinar to examine
excelente excellent
exclamar to exclaim
exigir to demand
existencia existence
existir to exist
explicar to explain
exponer to expose
expresar to express
expresión expression
extender (ie) to extend; **—se** to spread out; **—se por** to spread over
extranjero stranger; foreigner
extraño strange
extraordinario extraordinary
extremo extreme; **en —** extremely

fácil easy; **no es —** it isn't likely
fácilmente easily
falso false; counterfeit; **dar un paso en —** to take a false step

falta lack; fault; **nos hacía —** we needed; **sin —** without fail
faltar to lack, be missing
fama fame, reputation; **tener — de** to be reputed to be
familia family
famoso famous
favor *m.* favor; **haga el — de (decirle)** please (tell him)
fe *f.* faith
felicidad happiness
feliz happy
feo ugly
fiel faithful
fiesta fiesta, holiday
figura figure, shape
figurar to figure; **—se** to imagine; **¡figúrese!** just imagine!
fijar to fix, fasten; **—se en** to notice; to rivet one's attention on; to take a good look at
fijo fixed, fastened
fin end, purpose; **al (por) —** at last, finally; **en —** in short
final *m.* end
finalmente finally
fingir to pretend
fino fine; courteous
firme firm
firmemente firmly
flor *f.* flower
fondo bottom; **al —** at the rear; **en el —** at heart
forma form, shape
formar to form
fortuna fortune; **por —** fortunately
francés French; Frenchman
Francisco Francis
frase *f.* phrase
frente *f.* front, forehead; **— a** opposite; **— a —** face to face; **hacer — a** to face
fresco fresh, cool
frío cold; **hacer —** to be cold
fruto fruit; crop
fuego fire; **animar el —** to stir up the fire; **despedir —** to flash fire, blaze; **pegar — a** to set fire to
fuente *f.* fountain, spring
fuera outside; **— de** aside from
fuerte strong
fuerza force, strength; *pl.* strength; **a la —** by force; **con todas mis —s** with all my strength; **sentirse con —s** to feel strong enough
fundar to base, found; **—se en** to base one's opinion on
fútbol *m.* football

gana inclination, desire; **tener —s de** to wish to, feel like
ganar to gain, earn; **— la puerta** to reach the door
general general
género kind; cloth, material; *pl.* goods, merchandise
generoso generous
genio temperament, disposition
gente *f.* people
gloria glory
gobierno government
golpe *m.* blow; **— de viento** gust of wind; **dar —s** to beat, pound; **de —** suddenly, with a bang
gozar (de) to enjoy; **—se de** to enjoy
gracia grace; *pl.* thanks; **a Dios —s** thank Heaven; **hacer — a** to amuse
grado degree; **en menor —** to a lesser degree; **mal de su —** unwillingly
gran(de) large, big; great; **así de —** so big; **el —** the big one
grave grave, serious
gravemente gravely, seriously
gritar to shout, shriek

grito cry, shriek, scream; **dar un —** to shout, yell
grupo group
guardar to guard, keep; to put away; **— cama** to stay in bed
guerra war; **ministro de la —** secretary of war
gustar to please, be pleasing to; **le gustaba el vino** he liked wine; **como Vd. guste** as you like
gusto pleasure, taste; **con mucho —** gladly

haber to have (*auxiliary*); **— de** to be to (**he de** I am to; **ha de** he is to, *etc.*)
había there was, were
habitación room; bedroom
habitante *m.* inhabitant
hablar to speak, talk
hacer to do, make; **— alto** to halt; **— calor (frío)** to be warm (cold); **— caso** to pay attention to, heed; **— daño (a)** to hurt, harm; **— frente a** to face; **— gracia a** to amuse; **— las paces** to make peace, make up; **— papel** to play a part; **— viento** to be windy (**hace viento** the wind is blowing); **— una pregunta** to ask a question; **— un viaje** to take a trip; **haga el favor de (decirle)** please (tell him); **no le hicieron caso alguno** they paid no attention whatever to him; **nos hacía falta** we needed; **tener mucho que —** to be very busy; **hecho pedazos** smashed to bits; **—se** to become; **—se cargo de** to understand; to take into consideration; **—se pedazos** to break to pieces, smash
hacia toward, to; about; **— atrás** backward
hacienda farm, ranch; **ministro de —** secretary of the treasury
hallar to find; **—se** to be
hambre *f.* hunger
harto satiated; **— bien** very well
hasta until; as far as; even; **— aquí** thus far; **— luego** so long
hay there is, are; **— que** (+*inf.*) it is necessary, one must
hecho (*p. p. of* **hacer**) done, made; *m.* fact, deed
herir (ie, i) to wound, stab
hermano brother
hermosísimo extremely beautiful
hermoso beautiful
hermosura beauty
hierro iron; **caja de —** safe
hijo son; *pl.* children
historia history, story
hoja leaf, page; **— de papel** sheet of paper
hombre man; **¡—!** man alive! **— de bien** honest man; **— de negocios** businessman
hombrecito little man
hondísimo very deep
hondo deep
honor *m.* honor
honrado honest, honorable
honrar to honor
hora hour; time of day; **a estas —s** at this time of day (night); **a la — de comer** at meal time; **a qué —** at what time; **de aquí a una —** an hour from now
hotel *m.* hotel
hoy today
huevo egg
huir to flee
humano human
humilde humble
humildemente humbly

idea idea; **se me ocurrió una —** an idea occurred to me
iglesia church
ignorar to be ignorant of, not know
igual equal, the same
igualmente equally, likewise
iluminar to light, illuminate
ilusión illusion
ilustre illustrious
imagen *f.* image
imaginación imagination
imaginar(se) to imagine
impedir (i) to impede, prevent
imponer to impose
importancia importance
importante important
importar to matter, be important
imposible impossible
impresión impression
impreso (*p. p. of* **imprimir**) printed; impressed
imprimir to print; to impress, fix in the mind
inactivo inactive
inca *m.* Inca
incaico (*adjective*) Inca
inclinar to bend, bow, nod; **—se** to bow
incompleto incomplete
indicar to indicate; **llevar indicado el precio** to have the price indicated
indio Indian
individuo individual; fellow
infeliz unhappy
inferior lower, inferior
infinito infinite
inglés English; Englishman
inmediatamente immediately
inmediato adjoining, next
inmenso immense
inocente innocent; *m.* simpleton, fool
inquieto restless, worried
inspirar to inspire
instante instant
inteligencia intelligence
inteligente intelligent
intención intention
interés *m.* interest; *pl.* interest (money)
interesar to interest
interior interior
interrumpir to interrupt
íntimo intimate
inútil useless
invierno winter
invitar to invite
ir to go; **—se** to go away; **para dónde había ido** where he had gone; **¡vaya!** well! come! indeed! **¡vaya ...!** what a ...! **¡vaya una noche!** my, what a night!
irregular irregular
isla island
izquierdo left; **a (por) la —a** on (to) the left (hand)

jamás never, (not) ever
jardín (flower) garden
José Joseph
joven young; *m.* young man; *f.* young woman
Juan John
Juanito Johnny
juez *m.* judge
jugar (ue) to play; to gamble; **— a las cartas** to play cards
juicio judgment
juntar to join, bring together; to gather, collect
junto near, close to; **— a** by, beside
jurar to swear
justamente justly, fairly
justicia justice
justo just, fair

juventud youth
juzgar to judge

kilómetro kilometer (*about six tenths of a mile*)

la the; *obj. pron.* her, it; *demon. pron.* — **de** that of, the one with; — **que** that which, the one that, the one who
labio lip; — **inferior** lower lip
lado side; **al — de** beside; **de un — para otro** from one side to the other
ladrón *m.* thief
lágrima tear
lanzar to hurl, throw; — **gritos** to shriek
lápiz pencil; **con** — with a pencil
largo long; **a lo — de** along
le him; to him, her
leer to read
lejano distant
lejos far, far away; **a lo** — in the distance
lengua tongue; language
lentamente slowly
lento slow
letra letter (of the alphabet)
levantar to raise; **—se** to get up; **al —se el sol** at sunrise
leve light, slight
ley *f.* law
libertad liberty; **dar — a** to liberate, free; **poner en** — to set free
librar to free
libre free; **al aire** — in the open air
libro book
ligeramente lightly, quickly; slightly
ligero light, swift; **un poco más** — a little faster
límite *m.* limit
limpiar to clean
limpio clean; **sacar en** — to clear up, come to a conclusion
línea line
lo the; *obj. pron.* it; *demon. pron.* — **de,** — **que** that (matter) of, that which, what
locamente madly
loco crazy, mad; **volverse** — to go crazy
locura madness
lograr to attain, succeed in
lucecita little light
luego then; **desde** — of course; **hasta** — so long
lugar *m.* place; town; **en primer** — in the first place
luna moon
luz *f.* light; **a la — del día** by daylight

llama llama
llamar to call; — **(a la puerta)** to knock (at the door); — **la atención** to attract attention; **—se** to be called, named
llano flat, level
llave *f.* key; **cerrar con** — to lock; **dejar la — puesta** to leave the key in the lock; **ojo de la** — keyhole
llegada arrival
llegar to arrive, reach; — **a ser** to become, get to be; **¡ya llegamos!** here we are!
llenar to fill
lleno full
llevar to carry, take, to wear; — **a cabo** to carry out; — **indicado el precio** to have the price indicated; **—se** to take along, carry off; **nos llevan un día entero** are a whole day ahead of us
llorar to cry, weep

madre *f.* mother
maestro teacher; **—a** teacher; **—a de escuela** schoolteacher
magnífico magnificent
majestad majesty
mal badly; *m.* evil, harm; illness
maldecir to curse
mal(o) bad; **lo — es** the bad part of it is
mandar to order, command; to send
manera manner, way; **de — que** so, so that
manifestar (ie) to manifest, show; **—se** to show, be evident
mano *f.* hand; **las —s en alto** his hands up
mantener to maintain, keep; **—se en pie** to stand (up)
Manuel Emmanuel
mañana morning; **a la — siguiente** on the following morning; **por la —** in the morning; **— por la —** tomorrow morning
mapa *m.* map
mar *m. & f.* sea
maravilla marvel; **¡a —!** marvelously! **¡a las mil —s!** exquisitely!
marchar to go; **—se** to go away, depart
marido husband
marzo March
mas but
más more, most
masa mass
matar to kill
materia material; matter; subject
mayor greater, greatest; older, oldest
me me, to me
médico doctor
medida measure; **a — que** as
medio half; means; middle; **a —a noche** at midnight; **en — de** in the middle of
mejor better, best; **a lo —** when least expected; **— dicho** rather
memoria memory, mind
menor smaller, lesser; younger; **en — grado** to a lesser degree
menos less; except; **al — (por lo —)** at least; **poco más o —** about, more or less
mentir (ie, i) to lie
mentira lie, falsehood; **nada de —s** no lying; **parece —** it doesn't seem possible
menudo small; **a —** frequently
mercader *m.* merchant
merced *f.* grace, mercy
merecer to deserve, merit
mes *m.* month
mesa table, desk; plateau; **una especie de — reducida** a sort of small plateau
mesilla window sill
mesita little table
meter to put (in); **—se en** to meddle in
mezclar to mix, mingle
mi (mis) my
miedo fear; **tener —** to be afraid
mientras while, as long as; **— tanto** meanwhile
Miguel Michael
mil (a) thousand
ministro minister; **— de hacienda** secretary of the treasury; **— de la guerra** secretary of war
minuto minute
mío (mía, míos, mías) mine, of mine
mirada glance, look
mirar to look (at)
misa mass

miserable wretched; avaricious; *m.* wretch
miseria poverty
mismo same; very; myself, yourself, himself, *etc.;* **ahora —** right now
mitad half
moderno modern
modo way, manner; **de — que** so, so that; **de todos —s** anyhow
molestia annoyance, trouble
momento moment; **—s después** a few moments later; **un —** one moment, just a moment
monoplano monoplane
montaña mountain
monte *m.* mountain, mount, hill
moral moral
morir (ue, u) to die
mortal mortal
mostrar (ue) to show, display
motivo motive, reason
mover (ue) to move; **—se** to move
movimiento movement, motion; **ponerse en —** to begin to move
mozo lad; porter, waiter
muchacho boy; **—a** girl
muchísimo very much
mucho much; *pl.* many; **lo — que** how much
muerte *f.* death
muerto (*p. p. of* **morir**) dead
mujer *f.* woman
mundo world; **todo el —** everybody
música music
muy very

nacer to be born
nación nation
nada nothing, (not) anything; at all; **de —** don't mention it, you are welcome
nadie nobody, (not) anybody
nariz *f.* nose; **dar con la puerta en las narices** to slam the door in one's face
natural natural
naturaleza nature
naturalmente naturally, of course
necesario necessary
necesidad need, necessity
necesitar (de) to need, have need (of)
negar (ie) to deny; **—se a** to refuse
negocio business; *pl.* business affairs
negrísimo extremely black
negro black; dark, dismal
neoyorquino (*adjective*) New York
ni neither, nor; not even
ninguno (ningún) no, none, no one; **— de los dos** neither of the two; **en —a parte** anywhere, nowhere
niño child, little boy
no no, not
noble noble
noche *f.* night; **a media —** at midnight; **buenas —s** good evening, good night; **cerraba la —** it was growing dark; **de —** by night; **esta —** tonight
nombrar to name; to appoint
nombre *m.* name
norteamericano North American
nota note, mark, grade; **salir con malas —s** to get poor grades
notar to note, notice
noticia notice; news
novio fiancé; **—a** fiancée
nube *f.* cloud
nuevo new; **de —** again
número number
nunca never; (not) ever

o or; **o . . . o** either . . . or

obedecer to obey
objeto object
obligar to oblige
obra work, book, volume
observar to observe
ocasión occasion; **celebrar la —** to welcome the opportunity
ocultar to hide, conceal
ocupadísimo extremely busy
ocupar to occupy; **—se en** to be busy with; to busy oneself at
ocurrir to occur, happen; **¿qué ocurre?** what's up? **se me ocurrió una idea** an idea occurred to me
ocho eight
ochocientos eight hundred
ofender to offend
oficial official
oficio occupation, profession
ofrecer to offer
oído ear; **al —** in the ear
oír to hear
ojito little eye; **—s de pájaro** birdlike eyes
ojo eye; **— de la llave** keyhole; **en un abrir y cerra de —s** in the twinkling of an eye
olvidar to forget
once eleven
opinión opinion
oponer to oppose; **—se a** to oppose
oración sentence
orden *m.* order, arrangement; *f.* order, command
ordenar to arrange, put in order
ordinario ordinary
origen *m.* origin, source
oro gold
oscuro dark; **a —as** in darkness, in the dark
oscuridad *f.* darkness
otro other, another; **—a vez** again

Pablo Paul
paciencia patience; **tener —** to be patient
padre *m.* father; *pl.* parents
pagar to pay, pay for
página page
país *m.* country
pájaro bird; **ojitos de —** birdlike eyes
palabra word
palacio palace
pan bread; loaf of bread
papel *m.* paper; **hacer —** to play a part, role; **hoja de —** sheet of paper
par *m.* pair, couple; **de — en —** wide open
para for, in order to
parar(se) to stop
parecer to seem; **al —** apparently; **—se a** to resemble; **parece mentira** it doesn't seem possible
pared *f.* wall
parte *f.* part; place; **en alguna —** somewhere; **en ninguna —** anywhere, nowhere; **en ninguna otra —** anywhere else; **en todas —s** everywhere
particular particular, special; **nada de —** nothing distinctive
particularmente particularly
partida game
partir to depart; to split; to start
pasado *m.* past
pasar to pass; to happen; to spend (time); **¿qué te pasa?** what is the matter with you?
pasearse to stroll, take a walk
pasión passion
paso step, pace; **dar un —** to take a step
patria native country, fatherland
paz *f.* peace; **hacer las paces** to make peace, make up

pecado sin
pecho breast, chest
pedazo piece, bit; **hacerse —s** to break to pieces, smash; **hecho —s** smashed to bits
pedir (i) to ask, ask for; to order
Pedro Peter
pegar to stick, fasten; to strike, hit; **— fuego a** to set fire to
peligro danger, risk; **correr —** to be in danger, run a risk
pelo hair
pena pain, grief; **dar —** to grieve; **valer la —** to be worth while
penetrar to penetrate
pensamiento thought
pensar (ie) to think; (+*inf.*) to intend; **— en** to think of, think about; **lo pensé mejor** I thought better of it
peor worse; **lo — es** the worst of it is
pequeño small
perder (ie) to lose, waste; **— de vista** to lose sight of; **pierda Vd. cuidado** don't worry
perdón *m.* pardon, forgiveness
perdonar to pardon
perfectamente perfectly
perfecto perfect
periódico periodical, newspaper
permanecer to remain
permitir to permit
pero but
perro dog; **ese — de mala raza** that cur
persona person; **— de confianza** a reliable person
pertenecer to belong
peruano Peruvian
pesado heavy
pesar *m.* sorrow, grief; **a — de** in spite of
pesar to weigh
peseta peseta (*Spanish coin*)
peso weight
picar to prick
pico peak
pie *m.* foot; **mantenerse en —** to stand (up); **ponerse en —** to get up
piedra stone
pintar to paint; **pintado de (verde)** painted (green)
placer *m.* pleasure
planta plant; **— baja** ground floor
plata silver
plaza plaza, square
pluma pen
pobre poor; *m.* poor man, beggar
pobreza poverty
poco little; **— a —** little by little; **— más o menos** about, more or less; **a —** presently, shortly after
poder power
poder (ue) to be able, can; **no podía menos de** couldn't help
poderoso powerful
poeta *m.* poet
político political
polvo dust
poner to put, place; **— en libertad** to set free; **— término a** to end, put an end to; **— un telegrama** to send a telegram; **—se** to become; **—se a** to begin; **—se en camino** to set out, start; **—se en movimiento** to begin to move; **—se en pie** to get up; **poco después de —se el sol** a little after sunset
poquito little, bit
por for, on account of; by, through, along; in, during; **— eso** for that reason, therefore; **— lo menos** at least; **— tercera vez** for the third time
porque because

por qué why
poseer to possess
posesión possession
posible possible
precio price; **llevar indicado el —** to have the price indicated
precioso precious
precisamente precisely
preciso precise; necessary
pregunta question; **hacer una —** to ask a question
preguntar to ask, inquire; **— por** to inquire about, ask for
preparar to prepare
presencia presence
presentar to present
presente present
presidente *m.* president
preso prisoner
prestar to lend; **— atención** to pay attention
pretender to try, attempt
primavera spring
primer(o) first; **lo —** the first thing
primo cousin
princesa princess
principal main, principal
príncipe prince
principio beginning; **al —** at first
prisa haste, speed; **darse —** to hurry; **a toda —** at top speed
probar (ue) to prove, try, test; to taste
problema *m.* problem; **si sale el —** whether the problem works out
proceder to proceed
procurar to try, endeavor
producir to produce
profundamente profoundly
profundo profound, deep
prometer to promise
prometido betrothed, engaged
pronto soon, quickly; **de —** suddenly
pronunciar to pronounce
propio (one's) own
proponer to propose; **—se** to resolve
propósito purpose; **a —** by the way; fitting
provincia province
prueba proof
público public
pueblo village, town
puerta door; **arrojarse a la —** to make a dash for the door; **dar con la — en las narices** to slam the door in one's face; **ganar la —** to reach the door
pues well, then; since; **— bien** well then
puesto put, placed; **— que** since; **con el sombrero —** with his hat on; **había dejado la llave —a** had left the key in the lock; *m.* position, job
punto point; **a — de** on the point of
puro pure

que who, whom, which, that; than; as; **el (la) —** he (she, the one) who, that; **lo —** that which, what; **ya —** since
qué what; **¿a —?** why?
quedar(se) to remain, stay; to be
quejarse to complain
querer to wish; to will, be willing; **— a** to love; **— decir** to mean
querido dear
quichua Quichua (*language of the Incas*)
quien who, whom
quién who
quienquiera whoever, whomsoever
quince fifteen
quinta villa, cottage, inn
quinto fifth
quitar to remove, take off; **se le iba**

quitando was gradually leaving him
quizá(s) perhaps

rápidamente rapidly, quickly
rápido rapid, quick
raro rare, strange; **—a vez** seldom
rato while, short time
rayo ray (of light); flash (of lightning)
raza race, breed; **ese perro de mala —** that cur
razón reason; **tener —** to be right; **no tener —** to be wrong
real royal, regal; **— y verdaderamente** really and truly
realidad reality
realizar to realize, perform; **—se** to be made, carried out
recibir to receive
reciente (recién) recent
recientemente recently
recoger to pick up
reconocer to recognize; to examine
recordar (ue) to remember, recall
recorrer to go over, cover
recuerdo remembrance, souvenir
redondo round
reducir to reduce
reducido small
referir (ie, i) to refer; to relate, tell; **—se a** to refer to
región *f.* region
regla rule; **por — general** as a general rule
reina queen
reinar to reign
reino kingdom
reír(se) (i) to laugh; **echarse a —** to start to laugh; **romper a —** to burst out laughing; **—se de** to laugh at
relación relation, connection
religioso religious
reloj *m.* clock, watch
remedio remedy; **— a** remedy **for**
rendir (i) to subdue, conquer; **—se** to surrender
reparar to repair
repetir (i) to repeat
representar to represent
resistir to resist, endure
resolver (ue) to resolve, solve; **—se a** to resolve
respecto respect; **— de** with respect to
respeto respect
responder to answer
respuesta answer, reply
resueltamente resolutely
resuelto (*p. p. of* **resolver**) resolved, determined
resultado result
resultar to result, turn out (to be)
retirar to withdraw; **—se** to retire
retrato portrait
reunir to collect; **—se** to meet, get together; **—se con** to join
rey *m.* king
rico rich
río river
riqueza wealth, riches
risa laughter
robar to steal
rodear to surround
rogar (ue) to beg, implore
rojo red
romper to break, tear; **— a reír** to burst out laughing; **al — el día** at daybreak
ropa clothing, clothes
rosa rose; **color de —** pink, red
rostro face
roto (*p. p. of* **romper**) broken, torn
ruido noise, din, clatter

ruina ruin

saber to know; to know how; to find out
sabio wise
sacar to take out; — **en limpio** to clear up, come to a conclusion
sal *f.* salt
sala room, drawing room
salida departure
salir to leave, go out; to come out, be published; — **con malas notas** to get poor grades; **si sale el problema** whether the problem works out
saltar to leap, jump; — **por encima de** to leap over
salto leap, jump; **dar un** — to leap; **de un** — in one leap
salud *f.* health
saludar to greet
salvar to save
sangre *f.* blood
san(to) saint
satisfacer to satisfy
satisfecho (*p. p. of* **satisfacer**) satisfied
se himself, herself, yourself, yourselves, themselves; each other; *for* **le, les** (to) him, her, you, them
seco dry
secreto secret
seguida: en — at once, immediately
seguir (i) to follow; to continue
según according to
segundo second
seguramente surely, certainly; — **que no** surely not
seguro sure, certain; **de** — surely
seis six
semana week; **la** — **que viene** next week
semejante similar, like
sencillo simple
sentar (ie) to seat; —**se** to sit down
sentido sense, meaning; — **común** common sense; **sin** — unconscious
sentimiento sentiment, emotion
sentir (ie, i) to feel; to regret, be sorry; —**se** to feel (well, ill); —**se con fuerzas** to feel strong enough
señal *f.* sign
señalar to point out; to mark
señor sir, mister; gentleman
señorita young lady; Miss
señorito young gentleman; Mr., **sir** (*used by servants*)
separar to separate
ser *m.* being
ser to be; **es decir** that is to say; **es que** the fact is that; **lo malo es** the bad part of it is; **lo peor es** the worst of it is; **llegar a** — to become, get to be; **¿no es cierto?** isn't it so? didn't he? **no es fácil** it isn't likely
serie *f.* series
serio serious; **en** — seriously
servicio service
servir (i) to serve; **no** — **para nada** to be worthless, be useless; —**se de** to make use of
severo severe
si if; whether
sí yes; — **(que)** indeed, certainly; *pron.* himself, herself, themselves; **volver en** — to regain consciousness
sido (*p. p. of* **ser**) been
siempre always
siete seven
siglo century
siguiente following; **a la mañana** — on the following morning
silencio silence
silla chair

simple simple, mere
simplemente simply, merely
sin without; — **embargo** nevertheless, however
sino but, except
siquiera at least; **ni** — not even
sitio place, spot; **cambiar de** — to change places
situación situation
situar to locate, situate
sobre on, over, above; — **todo,** above all, especially
sobrino nephew
social social
sociedad society
sol sun; *a Peruvian coin* (*see note* 4); **al levantarse el** — at sunrise; **poco después de ponerse el** — a little after sunset
solamente only, merely
soldado soldier
soler (ue) to be accustomed
solo alone, single
sólo only
soltar (ue) to loosen, free, let go; to untie
sombra shade, shadow; **a la** — **de** in the shade of
sombrero hat; **con el** — **puesto** with his hat on
sonar (ue) to sound, ring; to make a noise, crunch
sonreír (i) to smile
soñar (ue) to dream; — **con** to dream of
sorprender to surprise
sospechar to suspect
sostener to sustain, hold up
su his, her, its, your, their
suave smooth, soft; gentle
subir to go up, come up, take up; — **a** to climb (on, into)
suceder to happen
suceso event, happening
suelo ground, soil; floor
sueño sleep; dream; **tener** — to be sleepy
suerte *f.* luck
sufrir to suffer, endure
sujeto subject, fellow
suma sum; **en** — in short
superior superior; upper
suponer to suppose
supuesto (*p. p. of* **suponer**): **por** — of course
supremo supreme
suspirar to sigh

tal such, such a; — **vez** perhaps; **un** — a certain
también also, too
tampoco either, not either
tan so, as
tanto so (as) much; *pl.* so (as) many; **mientras** — meanwhile; **por lo** — therefore
tardar to delay, be long
tarde late, too late; — **o temprano** sooner or later; *f.* afternoon; **antes de la caída de la** — before nightfall; **hacia las tres de la** — about three o'clock in the afternoon; **por la** — in the afternoon
te you, to you
teatro theater
teléfono telephone
telegrama *m.* telegram; **poner un** — to send a telegram
temblar (ie) to tremble
temer to fear
temor *m.* fear
temprano early; **tarde o** — sooner or later

ten (*imperative of* **tener**): **— paciencia** be patient
tender (ie) to stretch out; **—se** to lie down
tener to have; to hold; **— culpa** to be to blame; **— en cuenta** to bear in mind; **— fama de** to be reputed to be; **— ganas de** to wish to, feel like; **— miedo** to be afraid; **— mucho que hacer** to be very busy; **— paciencia** to be patient; **— . . . pies de ancho (largo)** to be . . . feet wide (long); **— que** to have to; **— razón** to be right; **no — razón** to be wrong; **— sueño** to be sleepy; **aquí tienes** here is; **¿cuántos años tienes?** how old are you? **¿qué tienes?** what's the matter with you? **tenga Vd. la bondad de** please; **tenía la cara** her face was
tercer(o) third; **por —a vez** for the third time
terminar to finish, end; **— de** to finish; **— diciendo** to end by saying
término end, limit; **poner — a** to end, put an end to
terrible terrible
ti (*used after prepositions*) you
tiempo time; weather; **mucho —** a long time
tiernamente tenderly
tierno tender
tierra earth, ground
tío uncle; (*colloquially*) guy; *pl.* uncles, uncle(s) and aunt(s); **—a** aunt
tipo type
tirar to throw; to throw away
título title
tocar to touch; **—le a uno** to be one's turn, fall to one
todavía still, yet
todo all, every; **— cuanto** all that
tomar to take; to eat, drink
Tomás Thomas
tono tone
torre *f.* tower
trabajar to work
trabajo work
traer to bring
traje *m.* suit (of clothes)
tranquilo calm; **con voz —a** calmly
tras after, behind
tratar (de) to try; to treat; **no se trata de** it isn't a question of
trato treatment; **mal —** ill treatment
través inclination; **a (al) — de** across, through
trazar to trace, draw
trece thirteen
treinta thirty
tren train
tres three
triste sad
tristemente sadly
tristeza sadness
triunfo triumph
tropezar (ie) to stumble; **— con** to stumble over, come upon
tu your
tú you
turbar to disturb; to embarrass

u or (*before* **o** *or* **ho**)
último last; **por —** finally
un, uno, una a, an; one; *pl.* some, a few
único only, sole; **lo —** the only thing
unir(se) to join, unite, meet
universidad university
usar to use
uso use
usted you
útil useful
utilísimo extremely useful

vacío empty
valer to be worth; **— la pena** to be worth while; **más vale así** it is better so; **no — nada** to be worthless; **—se de** to make use of
valiente brave, courageous
valor *m.* value
vano vain, empty; **en — in vain**
vapor *m.* vapor, steam
vario various; *pl.* several
vasito little glass
vaso glass; vase
vaya *see* **ir**
vecino neighbor, inhabitant
veinte twenty
veinticuatro twenty-four
vencer to conquer, subdue
vender to sell
venir to come; **la semana que viene** next week
ventana window
ventanilla little window
veintinueve twenty-nine
ver to see; **a —** let's see
verbo verb
verdad truth; **ser —** to be true
verdaderamente truly; **real y —** really and truly
verdadero true, real
verde green
vergüenza shame; **dar —** to shame
verso verse
vestido dress
vestir (i) to dress; **—se** to dress (oneself); **vestido de (negro)** dressed in (black)
vez time; **a la —** at the same time; **cada — más rápido** faster and faster; **de — en cuando** from time to time; **de una —** at once; **dos veces** twice; **en — de** instead of; **otra —** again; **por primera —** for the first time; **rara —** seldom; **tal —** perhaps; **tres veces al día** three times a day; **una —** once
viaje trip; **hacer un —** to take a trip
víctima victim
vida life; **bien de mi —** my dear; **en su —** never in his life
viejecito little old man
viejo old; *m.* old man; **—a** old woman
viento wind; **golpe de —** gust of wind
viernes *m.* Friday
vino wine
violentamente violently
violento violent
virtud *f.* virtue; **en — de** by virtue of
visita visit
visitar to visit
vista sight, view; **perder de —** to lose sight of
visto (*p. p. of* **ver**) seen; **por lo —** apparently
vivir to live
vivo lively; keen
volar (ue) to fly, fly away
voluntad will
volver (ue) to turn; to return; **— a** (**hablar**) (to speak) again; **— en sí** to regain consciousness; **al — la cara** on turning around; **—se** to turn around; **—se loco** to go crazy
voz *f.* voice
vuelta return; **dar —s** to turn, spin, roll

y and
ya already; presently, now; **— no** no longer; **— que** since
yo I

(15)

Océano
Pacífico
CALLAO
LIMA